COMPILADOR

LUÍS ANTONIO DE ALMEIDA

Encantos em contos de Quitandinha

KOTTER
EDITORIAL

Coordenação Editorial: Sálvio Nienkötter
Editor-Executivo: João Lucas Dusi
Montagem da Capa e Design editorial: Carlos Garcia Fernandes
Ilustração da capa: Gustavo Domingos Machado
Ilustrações internas: Ronaldo Silveira Andrade
Produção: Cristiane Nienkötter
Revisão e preparação de originais: O Organizador

Dados Internacionais de Catalogação na Publicação (CIP)
Angelica Ilacqua CRB-8/7057

E46
Encantos em contos de Quitandinha / compilado por Luís Antonio de Almeida. – 1 ed. – Curitiba : Kotter editorial, 2024.
160 p.

ISBN 978-65-5361-319-5

1. Contos brasileiros I. Almeida, Luís Antonio de
CDD B869.3

24-2133

Kotter Editorial Ltda.
Rua das Cerejeiras, 194
CEP: 82700-510 - Curitiba - PR
Tel. + 55(41) 3585-5161
www.kotter.com.br | contato@kotter.com.br

Feito o depósito legal
1ª Edição
2024

Compilador

Luís Antonio de Almeida

Encantos em contos de Quitandinha

Agradecimentos

Primeiramente agradeço a Deus, que me deste o privilégio da vida.

Aos meus pais, Maria Rosa Alves de Almeida (*in memorian*) e José Nivaldo de Almeida, pela vida, pela educação transmitida, pelo esforço e dedicação com que criaram a mim e meus irmãos, sou muito grato e orgulhoso de ser filho de pessoas tão especiais como vocês.

A todos os meus irmãos que sempre acreditaram em mim.

Ao meu avô, Antônio de Almeida, meu primeiro contador de causos e o inspirador desta obra. (In memorian).

A minha esposa, Elaine de Lima Wenski, por todo o apoio que me proporcionou nos momentos que mais precisei.

Às minhas três filhas, Antonela, Pietra e Marialice que através destes contos possam reviver um pouco das experiências que tive na infância e adquiram o gosto pela leitura e o respeito pelos mais velhos.

À professora Dulce de Oliveira Valério, o meu muito obrigado pelos votos de confiança em mim creditados.

A todas as pessoas que contribuíram ao acervo deste livro com seus relatos, tornando possível meu sonho de criança.

E uma boa leitura a todos.

Prefácio

Caro leitor,

Este livro que tem nas mãos é a compilação de muitos causos que tive a imensa satisfação de ouvir de pessoas com vasta experiência de vida. Apesar de já se passarem alguns anos que elaborei uma pesquisa no município de Quitandinha, Paraná, onde buscava resgatar causos populares e mantê-los eternos para gerações futuras. Aprendi a gostar de causos indo à casa de meu avô Antônio de Almeida com meu pai, José Nivaldo de Almeida, onde ficava até altas horas deliciando-me com aquelas estórias fantasiosas narradas por meu saudoso avô. E também não poderia de citar minha saudosa mãe, Maria Rosa Alves de Almeida, que apesar de analfabeta tinha uma inteligência cultural que encantava a todos que a conheciam. Ok! Voltando ao assunto deste livro, essa minha experiência fez com que me apaixonasse por causos populares. Surge a oportunidade de cursar minha primeira pós-graduação, na UnC – Mafra, onde encontro outra apaixonada por literatura popular, a professora Dulce de Oliveira Valério, incentivou e orientou-me de forma ímpar fazendo-me apreciar ainda mais esse conhecimento popular. Então, parto em busca de anônimos para comporem com seus conhecimentos esta obra literária. Andei muitas localidades do município de Quitandinha em busca de causos e assim de boca em boca, entrevistava um idoso que logo comentava que em tal lugar havia alguém que também contava histórias. Percorri, como disse antes, várias comunidades, coletei cinquenta e três causos que os transformei em contos e a cada casa que visitava, a cada chimarrão que compartilhavam comigo, a cada xícara de café que me ofertavam fui-me encantando ainda mais com esse ambiente, assim, nascendo o nome desta obra, "Encantos em contos de Quitandinha". Encontrarão no folhear de cada página narrações de lobisomem, boitatás, panelas de dinheiro, casas e caminhos mal-assombrados, histórias verídicas também, leiam, acredito que iram apreciar o que apresentarei a vocês. Desculpo-me se uma frase ou outra desrespeitou a norma culta da língua Portuguesa. Mas reitero que com esta leitura você estará deixando de lado um pouco a tela do celular, tecnologia esta que fez com esses momentos em família, amigos, irmãos findassem. O tempo passa numa velocidade exageradamente rápida, e se não aproveitarmos os momentos bons da vida, com quarenta e quatro anos posso dizer que eles não voltam mais! Agradeço pela tua curiosidade em ler até aqui e sem mais de longas, boa leitura de contos repletos de mistérios e crenças que os mantenho nesta obra! Ah! Já ia esquecendo-me em citar duas pessoas que me ajudaram com seus maravilhosos desenhos em grafite, Ronaldo Silveira Andrade, com a descrição pictórica de cada conto e a arte da capa por meu aluno e amigo, Gustavo Domingos Machado, que demonstra ter um futuro brilhante como desenhista e artista plástico.

Agora sim, boa leitura!

Sumário

HISTÓRIAS DE LOBISOMEM

O lobisomem no "bolão"

Carlos Procópio da Silva

Antigamente, tudo era bem mais difícil que hoje, o que se precisava, teria que se ir longe buscar, para doença era terrível, pois o transporte era apenas à base de carroça e, sair com alguém doente à noite, por exemplo, ficava muito complicado. Agora, tudo se encontra mais fácil, até um remédio, em qualquer bar ou armazém se acha.

Então, numa dessas andanças, precisei ir buscar café, pois tínhamos visita e o pó havia acabado. O problema é que o bar mais próximo da casa de meu pai era mais ou menos uns cinco quilômetros de distância, e para ajudar mais ainda, era noite, e uma noite tão escura como breu, que não dava coragem de sair lá fora para nada. Porém, era filho único, meu pai taxativo, apenas me dava a ordem e tinha que encarar, com muito medo é claro, mas desobedecer aos pais naquela época, não era muito conveniente e, saio à procura de meu cavalo, para seguir caminho ao bar.

Quando estava já para fora de casa, na estrada que dava caminho ao meu destino, escuto de muito longe uma tremenda acoação[1] de cachorro, e pareciam muito desesperados, nesse momento já me encontrava apeado, esperei mais um pouco antes de partir, ouvindo aqueles ganidos dos cães que pareciam estar se aproximando de minha casa e a impressão que dava que corriam na estrada. Estrada essa, que seria meu caminho até o armazém mais próximo. Por várias vezes pensei em desistir da minha compra, mas contrariar meu pai, as consequências seriam doloridas.

Ouvindo o ganido dos cachorros se aproximando, firmei os olhos para ver alguma coisa, mas a escuridão da noite não me deixava avistar

[1] Ação de acoar, soltar latidos, latir, ladrar.

nada, apenas a poucos metros à frente, foi quando vi um ser muito desengonçado, que corria adiante dos cães, um ser horrível, estranho, magro, braços mais curtos que as pernas, pêlos enormes pelo corpo, orelhas pontiagudas e bem avantajadas, andava de quatro, muito veloz, apenas rabo não avistei, se tinha ou não. Essa visão nunca me sai da cabeça, se acaso pudesse escolher, mas nunca queria ter passado por essa experiência horrorosa. Aquilo vinha numa corrida tão grande, e cada vez mais se aproximava de mim, meu cavalo já meio desconfiado se atira para trás, querendo fugir daquela estranha criatura, maior do que qualquer cachorro da vizinhança, quase caí do cavalo, firmei as rédeas e

consegui acalmá-lo e me mantive na sela. Nisso aquele animal já está a poucos metros de mim, não consigo decifrar bem o que era aquilo, mas pelo que os outros contam, nessa noite me deparei com o tal lobisomem, um ser de hábitos noturnos e de muitas histórias horrendas contidas a sua volta. Não sabia o que fazer, fiquei parado ali até aquele estranho animal desaparecer outra vez na escuridão. Não me atacou, não ouvi ruído nenhum vindo dele, único detalhe da sua disparada é que se desviou do cavalo. Poucos segundos já não o avistei mais na escuridão da noite.

Só depois de alguns minutos que os cães chegam onde me encontrava, e ainda muito assustado com o que vi, tentando entender tudo aquilo. Os cachorros continuaram a perseguição a tal criatura que por ali havia passado. Nisso meu pai sai de casa para ver toda aquela algazarra e me encontra pálido de susto, não me movia ali parado sobre o cavalo, não dizia uma palavra em resposta às perguntas do meu pai, na verdade, nem lembro o que ele me falou. Meu pai percebeu que algo de muito estranho tinha acontecido, foi até meu cavalo, e me ajuda apear do animal, as pernas estavam travadas, tive que ser carregado para entrar em casa. Só depois de uma água com açúcar que volto em si, recobrando a fala, retratei ao meu pai a minha não agradável visão. Meu pai percebendo o estado de choque que me encontrava, resolve deixar as visitas sem café, meu pai narrou rapidamente o sucedido a eles e tiveram que se contentar com chá de erva-mate mesmo.

Momentos depois do acontecido, eu desencilhei[2] meu cavalo, o coloquei na estrebaria, voltei para dentro de casa e dei graças a Deus de não ter que sair naquela noite escura, após o que havia acontecido comigo.

[2] Ato de retirar os objetos de montaria do cavalo.

O lobisomem do campestre

Ana Maria da Silva Lubas

Fato ocorrido com o senhor João da Silva Freitas, mais conhecido como "Batista". Na pequena comunidade do Campestre, corria um boato que um senhor conhecido como "Dodô Monge" era lobisomem. Muitas conversas se deram ao redor desse senhor.

Esse homem era estranho, vermelho, arrepiado, tinha um olhar desconfiado. E por essas características muitos zombavam dele, inclusive e Sr. Batista. Um dia, ele, o acusado comenta que dará um "tombo" em Batista.

Batista era o justiceiro do lugar, respeitado por todos, andava sempre armado. Era ele, quem resolvia as encrencas ocorridas pelas redondezas e conhecido também por sua grande coragem e valentia.

Certa noite, aliás, muito escura, quando voltava para casa, deparou-se a frente com um vulto preto, estava num caixão de estrada[3], na Subida do Macaco, não conseguiu identificar o que era, parecia com as formas de um cachorro, essa sombra começou a se aproximar de Batista, com uma insistência muito grande em atacá-lo, foram várias as investidas de ser a ele.

[3] Estrada com barrancos altos de ambos os lados.

Num dado momento, ele recorda das conversas de Dodô, que um dia iria dar-lhe um tombo, pensou com si próprio, não vou me abaixar para esse cachorro! Espera aquele ser aproximar-se mais uma vez e dá-lhe uma bengalada, o animal foge por um carreiro de cabra[4], mas não consegue subir na primeira tentativa, recebendo outro

[4] Valeta aberta num barranco de estrada produzido pela passagem diária de cabritos.

golpe de bengala. Na segunda tentativa alcança o alto do barranco, porém seu agressor vai atrás e lhe acerta outro golpe, em seguida saca de uma pistola e dá um tiro em direção àquele esquisito animal, que foge em disparada pela floresta e sem dar um ganido[5] se quer. Acompanhou até onde a visão podia, depois de alguns minutos, certificando-se que a tal criatura não retornaria, Batista coloca-se novamente a caminho de casa.

Passado certo tempo, se encontram no boteco do lugar, ponto de encontro das pessoas daquela época para uma boa conversa. E ali começam os causos, eram diversas as narrativas contadas ali, então, Batista também quer apresentar o ocorrido com ele na Subida do Macaco, algo que não contava, era com a presença de Dodô num canto escuro do boteco, disfarçando-se o máximo que podia. Inicia a narração da passagem descrita acima, como se deparou com aquela criatura estranha à noite naquele local. Contou que foram cinco bengaladas e dois tiros que deu sobre o tal animal que havia avistado, porém não contava com o que aconteceu depois, antes mesmo de terminar o assunto, Dodô de sobressalto do canto que estava, interrompe a conversa contradizendo Batista, e em tom ameaçador e com muita segurança, afirma aos que ali se encontravam, "Foram apenas três bengaladas e um tiro só!".

Daquele momento em diante, Batista teve certeza de que aquele senhor de hábitos e características estranhas era um lobisomem, pois não havia relatado a ninguém o que ocorrerá naquela noite e como que o Dodô o contrariou com tanta certeza aos números de bengaladas e de tiros ocorridos.

[5] Grito de dor dos cães ou semelhante aos dos cães

Dodô, o lobisomem

Carlos Procópio da Silva

Apesar da distância, entre o Bolão, Ribeirão Vermelho e a comunidade do Campestre, porém a época, é mais ou menos a mesma, ocorre mais um fato com o Sr. Dodô, podendo ser ou não, a mesma personagem entre as duas comunidades, sendo pontos extremos do município de Quitandinha, Paraná.

O fato inicia-se com umas conversas esquisitas de Dodô num boteco[6] do lugar, que não gastava dinheiro com carne, pois quando estava com fome, ia comer leitões nas comunidades ribeirinhas ao Rio da Várzea, sempre vinha com o mesmo causo nas rodas de conversa do lugar. Ninguém entendia, mas também não procuravam saber a verdade sobre aquelas conversas dele, pois sabiam da fama que corria sobre ele e não assim sendo, dispensavam qualquer explicação de Dodô, pois tinham medo do que ele viesse a relatar.

Numa certa noite, aparece um senhor por nome Francisco Campa, morador da comunidade de Lagoa Grande, lugar que ficava a uns quilômetros dali onde se encontravam. Estava num boteco da comunidade do Bolão e em conversa com quem se encontrava naquele estabelecimento, pediu ajuda para chegar à sua casa. Mas ninguém se habilitou ajudá-lo, pois não tinham meio de transporte para levá-lo até o destino desejado por ele.

E mesmo companhia, não conseguia, pois não conhecia bem aquele lugar e tinha medo de se perder no caminho e, acabar não achando a casa. Nesse instante, Dodô se apresenta para ajudá-lo e diz que o acompanha até a casa dele. Porém, Francisco fica com receio daquele senhor, pelas vestes que trajava e que não lhe transmitia muita confiança.

[6] Estabelecimento onde se serve bebidas, café; Bar popular.

Mas o Senhor Campa não tendo muita alternativa, resolve interrogá-lo e ver se conhecia o lugar onde morava e, que para sua surpresa o entrevistado diz que já esteve fazendo uma visita em sua morada. Francisco se assusta com o que o outro havia dito, pois não o conhecia e nunca o tinha visto.

Dodô, então, continua sua explicação que ele não o tinha recebido, mas ele conhecia tudo por volta de sua casa, Francisco pede para ele parar de mentira e de conversa fiada. Dodô resolve dar provas do que estava falando e que tudo era verdade.

Começa contar uma história de uma visita que fez a casa de Francisco, comenta sobre seus dois cachorrinhos guapecas[7], que diga de passagem eram muito corajosos e brabos e, que por pouco, não recebe uma mordida na poupança[8] de um deles, fala sobre dois pinheiros grandes que tinha na frente de sua morada que deixava o lugar muito bonito. E para uma última prova, pergunta sobre umas cordas amarradas nos pés de uma ameixeira que não entendeu o porquê daquilo.

Aquilo no pé de ameixa eram fumo em corda que não prestou para venda e os meninos por peraltice tinham enrolado naquela árvore. Mas quando foi que você teve na minha casa e como sabe de tantos detalhes de lá, questiona Francisco ao Dodô.

Ele responde que foi numa sexta-feira à noite, e que todos estavam em casa, mas não ligaram para o latido dos cachorros, então resolvi procurar o que fui atrás, mas descobri que o senhor não cria porco, pois o que eu queria aquele dia era um leitãozinho bem novinho. Todos que ouviam a conversa se assustam com as revelações de Dodô, inclusive seu companheiro de prosa[9].

E então, vai querer a companhia até sua casa ou não, pergunta ao viajante, que percebe do que se tratava com quem ele estava conversando. Resolveu pedir pouso ao dono do boteco, onde se encontrava e não seguir viagem aquela noite, pois deduziu que quem lhe oferecia companhia não passava do terrível e temido lobisomem.

---

[7] Cachorro de pequeno porte, viralata.
[8] Neste caso refere-se às nádegas, bumbum.
[9] Conversa informal.

A prisão de um lobisomem

Afonso da Silva Freitas

Na propriedade do Sr. Heitor Batista, na comunidade do Caí, época em que havia poucos moradores por essa região, tornando o lugar quase que desabitado, nesse lugar funcionava uma antiga olaria, onde a produção de tijolos era artesanal.

Numa noite escura, ouve-se ao longe uma corrida de cachorros dando várias voltas pela redondeza, até enveredarem[10] em direção à olaria, vindo pelo picadão[11], o ganido dos cães parecia estar cada vez mais perto e se aproximando da fábrica de tijolos.

Então, o Sr. Heitor corre e deixa aberto os portões da fábrica com o intuito de aprisionar o bicho que os cães perseguiam. Pois na estrada que se dava a perseguição, formava um corredor que dava direto na olaria. Quando vai abrir o portão, um amigo lhe avistou correndo e pergunta o que estava acontecendo, conta seus planos, porém, esse amigo lhe alerta que poderia ser um lobisomem, porque bicho nenhum iria correr tanto daquele jeito. E por ali andava um cachorro enorme assustando as casas, e que poderia ser o tal ser.

A poucos metros da olaria, iniciou-se uma grande briga entre o tal animal e os cães, que acabaram acoando o suspeito lobisomem, longos pêlos, orelhas compridas e pontiagudas, membros finos, enorme e muito feroz, que após uns quinze minutos de luta, se dá por derrotado. Sem ter para onde fugir, entra na olaria, e lá, é fechado rapidamente pelos dois homens que assistiam o combate.

Por ser um local bem fechado e sem outras saídas, esse animal permanece cativo até o amanhecer, andava de lado a lado procurando

---

[10] Ato de enveredar; Tomar um caminho; Dirigir-se expressamente a determinado lugar.

[11] Caminho aberto a ferramentas manuais (foice, facão, machado) no mato.

um lugar para sair, como não encontrava, se desesperava, soltando uivos horripilantes que produziam arrepios naqueles que o aprisionaram.

Essa situação permaneceu a noite toda. No amanhecer, as pessoas vão ver do que se tratava o tal animal em cativeiro, curiosos e com receio do que iriam ver lá, chegam bem devagar, ao abrirem o portão se deparam com um senhor, de idade bem avançada e desconhecido de todos que ali estavam. Não diz uma palavra sequer e nem olha nos olhos dos presentes.

Enrolado em pedaços de saco que usavam para iniciar o fogo na fábrica, ele levanta-se e segue como querendo sair daquele espaço, uns que estavam ali correram, esse senhor passa entre aqueles que ali restaram e some na estrada em direção à BR 116. Em meio à situação, ninguém ousou perguntar nada ao senhor, seu nome, onde morava, o que ele era, ... como era desconhecido nas redondezas, por mais que se buscassem por esse senhor depois do fato ocorrido, nunca ninguém soube nada sobre aquele senhor misterioso.

Na companhia de um lobisomem

Ana Maria da Silva - Dona Nega

No meu tempo de criança, teve uma passagem que nunca vou esquecer. Foi quando fiz uma visita a minha avó. Nós morávamos aqui mesmo, no Pangaré[12], as casas eram longe uma das outras, não diferente, era a casa da minha avó da minha casa.

Numa tarde, quando fui fazer uma visita para minha avó, acabei me descuidando e anoiteci ajudando-a nos afazeres da casa. Eu era mocinha, mas como toda jovem tinha muito medo ao sair à noite. Porém tinha que voltar para casa, e já imaginando tudo de ruim que poderia acontecer na volta.

Andei quase metade do caminho sem encontrar ninguém para uma possível companhia, então fui percorrendo o caminho, sozinha mesma. Qualquer barulho era motivo para eu sair correndo, mas me segurava. Até que num certo ponto da estrada, ou melhor, numa encruzilhada[13] tive a companhia que nunca desejaria ter.

Essa companhia foi de um cachorro enorme, que para mim foi um lobisomem que andou junto comigo. Não sei de onde veio, só sei que quando me virei para ouvir melhor um barulho na capoeira, que ficava atrás de mim, avisto aquilo ao meu lado. Não tive força para nada, nem correr, nem gritar. Apenas continuei meu caminho olhando de canto para aquela terrível criatura.

Andamos juntos mais ou menos uns cem metros, ele não fazia nada, apenas andava quieto ao meu lado e eu com o coração na boca,

---

[12] Equídeo ou muar de pelo mais claro do que o douradilho, com a parte inferior da barriga, membros, garganta e focinhos esbranquiçados; Nome dado a uma localidade do município de Quitandinha, pela presença desse animal com tais características.

[13] Lugar onde se cruzam ruas, estradas, caminhos; cruzamento.

sem saber o que fazer. Assim como ele surgiu, do nada, também foi embora sem eu ver para onde, num piscar de olhos.

Nesse sumiço do tal animal, eu já estava perto de casa, aí não me contive e fiz uma corrida até lá. Ao chegar à casa de minha mãe, quase derrubei a porta na chegada, minha mãe ainda me perguntou se eu estava ficando louca.

Depois que contei tudo a ela, do companheiro que tive no caminho de volta, ela me deu razão e me proibiu de sair sozinha à noite e quando entardecer na casa da avó é para posar ou esperar alguém ir buscar, não se arriscando sair sozinha e ter novamente aquela companhia assustadora.

CONTOS DE BOITATÁ[14]

[14] Termo tupi-guarani (cobra: boi e fogo: tata) usado para designar o fenômeno do fogo-fátuo, e deste derivando algumas entidades míticas

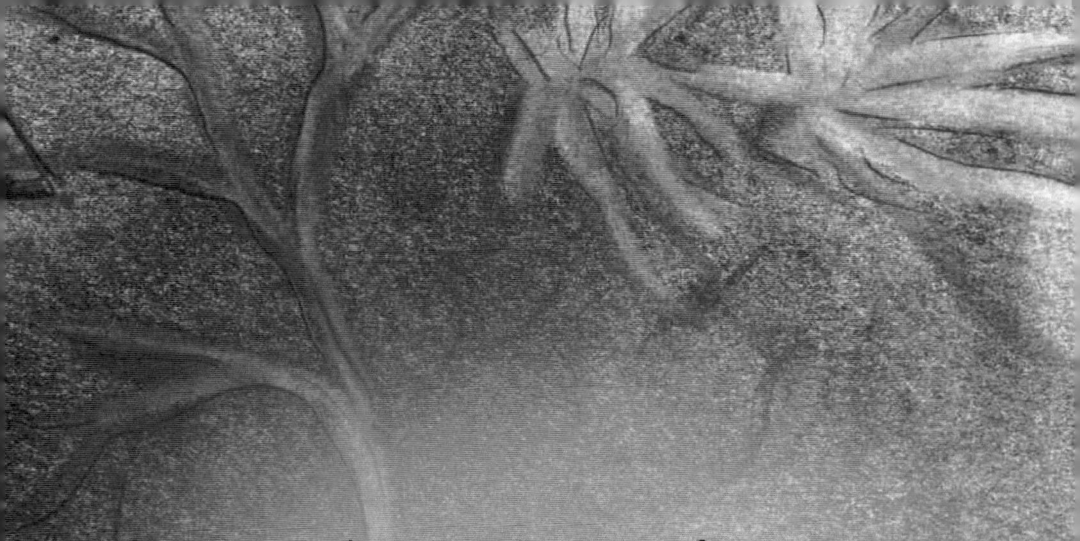

Aparição de boitatá no Matão do Pinhal

Afonso da Silva Freitas

A vida hoje em dia se encontra mais fácil que antes, não está tão sofrida como antigamente. O trabalho era bem dificultoso, a roça ficava longe de casa, não existia trator, nem carreta, nem nada para facilitar o trabalho braçal, o transporte era feito na base da carroça aranha[15], roçado era à foice, todo o trabalho era manual.

E por morarem distante da lavoura, meu pai, Heitor Batista, e seu irmão eram obrigados a dormirem em casas rústicas, feitas de costaneiras[16], localizadas na roça, isso em época de colheita. Então, ali faziam suas camas e passavam as noites.

Numa noite de luar, quando os irmãos já estavam na cama para descansar, surge algo muito estranho, não tão distante do barraco em que eles dormiam. Começam a aparecer umas réstias pelas frestas da parede, como que alguém os iluminasse, Heitor, ainda acordado resolve olhar para ver do que se tratava.

[15] Antigas carroças que tinham rodas feitas de madeira.
[16] Refugo de tábuas, sobra de toras.

Avista próximo ao arroio[17], de onde tiravam água ao consumo, numa aroeira bem afolhada, duas tochas de fogo, mais ou menos do tamanho de uma roda de carro, faziam uma espécie de dança, em volta daquela árvore, uma descia, outra subia, quando se esbarravam, saía faísca das duas.

Heitor, então acorda seu irmão para compartilhar com ele aquela cena assustadora, porém ao deparar-se com aquilo, seu irmão cobre-se rapidamente de susto e prefere não olhar. Como aquilo acontecia próximo a casa deles, e ela não garantia segurança alguma, Heitor prefere ficar acordado para um eventual ataque daquelas duas bolas de fogo.

Mas elas não demonstraram perigo algum aos dois irmãos e, ao primeiro cantar do galo, as duas tochas de fogo ou os dois Boitatás, levantaram voo em direção ao Matão do Pinhal. Com o dia já bem claro, o irmão que permaneceu acordado, vai ver de perto o local da estadia dos Boitatás, encontra a aroeira toda sapecada pelo pouso dos seres sobrenaturais.

E ele tem que enfrentar um dia árduo de quebrança[18] de milho com muito sono, por conta da presença assustadora daquela visita tão inesperada.

[17] Rio pequeno.
[18] Colheita.

O suposto boitatá

Carlos Procópio da Silva

Muitas vezes, a falta de coragem faz com que as pessoas recriem coisas que não passam de algo natural, tendo uma simples e eficaz explicação.

É o caso ocorrido com o Sr. Carlos Procópio da Silva, morador da comunidade do Ribeirão Vermelho, município de Quitandinha, Paraná. Na sua época de solteiro, quando voltava de um baile, voltava meio ressabiado, pois já era alta madrugada e tinha várias matas e roças para cruzar até chegar a casa dele, porém algo lhe trazia coragem, seu revólver que estava carregado e pronto para qualquer imprevisto.

Vindo com o pensamento em assombrações, depara-se a sua frente à distância de uns vinte metros, uma luz estranha, no caminho onde também era o seu, para de repente, sem saber o que fazer, continua ou volta, "mas voltar para onde", pergunta a si mesmo. Num segundo olhar aparece mais uma luz junto àquela primeira, tornando-se ora uma luz azulada, ora uma luz amarela, conforme batia o reflexo da lua.

Fica naquele impasse por alguns instantes, apenas refletindo no que fazer, até que então, toma uma decisão, saca da sua arma e resolve desviar aquela claridade estranha que o atormentava, pois em volta dela estava uma roça de milho.

Aproxima-se daquele estranho ser, mas já por dentro da lavoura ainda por colher, quando as copas dos pés de milho cobrem o brilho da Lua, o que aparece à frente do viajante, o vulgo boitatá, quando percebe o engano, começa a rir sozinho, a luz que refletia e o assustava não se tratava apenas de uma novilha branca que estava parada na estrada e com o brilho da Lua, fazia com que seus olhos refletissem dando uma forma estranha a ela e causando todo o pavor que causou.

Tadeu Padilha e a Madalena Feia

Carlos Procópio da Silva

Antigamente, uma das poucas maneiras de lazer das pessoas mais velhas, era uma caçada de tatu, pois havia muita mata e animais em abundância e a caça aquela época era liberada, ou não havia divulgação da proibição desse ato. E essa diversão garantia uma mistura aos caçadores.

Um senhor por nome Tadeu Padilha, morador do Bolão, adorava sair à noite caçar tatu, era um homem muito corajoso, pois na maioria das vezes saía sozinho, apenas com seus cães tatueiros.

Nessa mesma comunidade, também vivia uma senhora conhecida por Madalena Feia, que fazia jus ao seu apelido, pois era uma mulher muito feia mesmo. E por causa da sua falta de beleza as pessoas caçoavam muito dela, inclusive o caçador, citado no começo da história.

Numa de suas caçadas, Tadeu se encontra próximo ao local escolhido para aquela noite, avista a certa distância uma claridade parecida com o facho de luz de uma lanterna, porém não liga e segue em direção à capoeira[19] onde livra seus cães das correntes e os deixa fazerem a perseguição aos pobres tatus. Nada de anormal até o momento, quando seus cachorros iniciam uma corrida que os leva do outro lado da floresta e lá deu vestígio de que estão acoando em um buraco. Momento que faz o caçador se deslocar até onde estão os cães.

Leva alguns minutos para encontrar o esconderijo do bichinho, reconhece o local como sendo próximo à casa de Madalena Feia, não liga para esse fato, certifica-se que o tatu se encontra dentro da toca e começa a escavação atrás do pobre animal indefeso.

Com a pá nas mãos, pronto para começar cavoucar, avista uma luz azul que se encontra perto da casa de Madalena, clarão que desce e sobe

[19] Terreno onde o mato foi roçado e/ou queimado para cultivo da terra, ou para outro fim.

no ar acima de algumas árvores da floresta. Ele observa aquilo alguns instantes, mas como nada acontece continua a escavação, porém aquela luz azulada continua a brilhar e parece que se aproxima do local, onde ele se encontrava.

Por ser muito corajoso e não sabia do que se tratava, aquilo começa a incomodar-lhe, e cada vez se aproximando mais. Num relance, decidido, larga de sua caçada e resolve tirar saber o que era aquilo. Vai ao encontro dessa tal luz e, aproximando-se dela diz que é para ela descer que ele irá cortá-la de facão.

Com o desafio feito a tal luz chega perto dele voando, como era uma capoeira bem rala ficava bem visível tanto a luz como o caçador,

ele arranca do facão e espera a investida daquela bola de fogo. Porém, quando chega a poucos metros dele, chega à conclusão de que o melhor era correr.

Saindo da capoeira e entrando numa tiguera[20] coberto de samambaia, onde tornava dificultoso sua corrida e aquilo se aproximando cada vez mais, ele numa corrida desesperada sentindo o calor do fogo em suas costas. Não tendo como escapar fica de frente ao fogo e faz várias tentativas de acertá-lo com o facão, o que foi em vão, faz também uma tremenda gritaria na esperança de ser ouvido por alguém ou afugentar o boitatá.

Na tentativa de ficar de frente com a bola de fogo as samambaias enlaçam em suas pernas e o derrubam, ficando de barriga para cima e sua arma sendo arremessada para bem longe de suas mãos. Fica desprevenido e aquele fogo por várias vezes se aproxima tanto que acaba por lhe causar várias queimaduras pelo corpo. Vendo-o derrotado, ela o deixa em paz levantando voo em direção ao primeiro local em que ele a avistara.

No dia seguinte, Tadeu em casa todo doído das queimaduras que recebera, uma visita inesperada aparece, alguém que pouco vinha a sua casa, Madalena Feia, que estava interessada em saber como iam suas queimaduras. Ele assusta-se com a pergunta, pois ninguém sabia nada do ocorrido, diz que está melhor, mas deduz que quem o atacou não passava de Madalena Feia em forma de boitatá.

Tadeu conta a todos sua experiência, que comprovava com as cicatrizes na barriga e por um bom tempo não saiu à noite e prometeu não abusar mais daquela mulher nem de nada que não soubesse o que era.

---

[20] Nome dado ao terreno depois da colheita.

O boitatá no oco do pinheiro

Carlos Procópio da Silva

Na comunidade do Bolão ou Ribeirão Vermelho como também é conhecido, foi local de muitos fatos referentes ao temido boitatá. Antigamente, no tempo em que este município ainda não tinha este título e seu nome era Areia Branca e comandada pelo município da Lapa. Sendo assim, registros todos eram feitos por lá, na época muito difícil, pois o transporte não como hoje em carros e sim em cavalos ou carroças que eram lentos e levavam um bom tempo para se chegar ao centro da Lapa.

E até mesmo para se velar um morto e conseguir o registro de óbito era necessário se deslocar até a Lapa, sendo o cemitério lá também. E foi nessa época, que ocorreu uma grande mortandagem de gente, acredita-se ser por causa da tal febre amarela. E todo morto tinha que ser levado até essa cidade.

Por ser longa a viagem, as pessoas que carregavam os falecidos eram obrigadas a irem prevenidas, com algum alimento para suportarem a caminhada, pois tinham que voltar, muitas vezes no mesmo dia. E essa comida ficava em um pano de prato, sendo muitas vezes uma paçoca feita de farinha de milho, quando dava aquela fome, deixavam o defunto no chão e na sombra de uma árvore sentavam e faziam um lanche, para depois continuar a árdua caminhada.

Numa dessas viagens, ao chegarem tarde e não conseguirem enterrar o morto e nem pegar o registro de óbito, anoiteceram naquela cidade. Uns tinham parentes e o pouso ficou fácil, porém, outros além não de encontrar onde dormir e tinham que trabalhar na manhã seguinte, puseram-se na estrada, mesmo tratando de estar noite.

Eram cinco os companheiros que voltavam à noite e para piorar apronta-se uma tormenta[21], e em poucos quilômetros caminhados, a chuva os alcança na estrada. Mas voltar não adiantava, seguem mesmo molhados o caminho.

Em certo ponto do caminho sentem vontade de pitar[22] um cigarro de palha, mas não passou da vontade, pois como estavam molhados, o fumo e a palha também se encontravam úmidos. Entretanto, algo lhe dá esperança de conseguirem ter a companhia de um cigarro nessa caminhada.

Ao longe avistam um fogo no tronco de um pinheiro e concluem que foi um raio que o atingiu e ele encandeou, arrumam seus fumos e palha para darem uma enxugada e assim conseguirem fumar. O pinheiro ficava no alto de um barranco da estrada mais ou menos um metro e meio, não tornando difícil a subida. E esse pinheiro tinha uma particularidade que poucos têm, ele era ocado, oco que caberia uma pessoa em pé.

[21] Temporal violento.

[22] Fumar.

Um dos amigos é incumbido de secar o fumo e a palha, ele sobe no barranco alcançando rápido o tronco da árvore, quando se prepara para iniciar a secagem, passa por uma experiência inesquecível e horripilante, avista algo que o faz recuar e não apoderar-se do calor daquele fogo.

Dentro desse oco, encontram-se duas bolas de fogo, quando firma o olhar, enxerga o semblante de uma mulher que o fita diretamente nos olhos e o fogo vinha de seus seios, recua mais que depressa e num salto, está junto dos colegas, que perguntam onde estava o fogo, mas ele sai numa disparada medonha que os outros quatro quase não conseguem acompanhá-lo. Apenas depois de uns duzentos metros, que ele consegue parar e tenta explicar aos colegas o que vira no pinheiro, mas é em vão, pois sua voz retorna só dali a alguns instantes.

Ao recuperar a voz, narra aos amigos sua visão e todos apertam o passo e nem olham para trás para reverem pela última vez aquele fogo e com medo de que ela resolvesse vir persegui-los pelo caminho.

Uma companhia indesejada

José Hitner

Um dia, meu filho descuidou-se e acabou entardecendo na casa da atual mulher dele, aquele tempo namorada, ficou de conversa com o sogro e esqueceu-se do tempo, quando se deu por si, já era noite alta e, aliás, bem escura.

Era moço novo e era uma boa caminhada da casa da namorada a sua, mas como posar não dava se recobre de coragem e vem embora enfrentando aquela noite escura como breu.

Andado já a metade do caminho, naquela escuridão terrível, eis que surge a sua frente algo que não era muito normal por aquelas bandas[23], uma luz à distância de uns duzentos metros. Ficou com receio, pois ali não havia casa alguma e não era na estrada, se fosse poderia ser alguém com uma lanterna, mas seu temor, só tende a aumentar porque a luz cresce e diminui de tamanho, várias vezes enquanto ele se aproximava dela.

Voltar ficava feio para ele, resolveu seguir caminho. Quando já estava bem próximo da tal claridade, aquele facho de luz se acaba, "Que alívio!" pensou ele, porém não sabia o que lhe aguardava mais à frente. Com o corpo trêmulo, quase sem sentir seus pés tocando o chão, mas continua, não é que depois que passou o lugar que estava aquele fogo, que com a aproximação dele havia se apagado, logo que cruzou esse ponto uns cinco metros, a luz se acende novamente nas suas costas. Sem saber o que fazer e com medo que aquilo viesse a queimá-lo não conseguiu nem correr, apenas continuou aos mesmos passos que se encontrava.

Então, a estranha luz levantou voo fazendo um barulho parecido com um rastilho de pólvora, cuspindo fogo aos lados e cruzando por

23 Lados, locais.

cima da cabeça dele e parando a umas vinte braças[24] à frente. Cessou a caminhada, enquanto aquilo cuspia fogo logo adiante parecendo que o esperava. Segue, ao aproximar-se dela, novamente repete o mesmo feito da última vez, apaga-se, e ao passar dele se acende e repete aqueles gestos ao longo da estrada até a chegada a sua casa.

Quando se encontra a poucos metros da porta da casa, vê que a melhor saída é correr, e assim o faz, chega numa tremenda corrida

[24] Antiga unidade de comprimento equivalente a 2,2m.

que nem deu para abrir a porta e a arromba, entrando com ela e tudo para dentro de casa. Seu irmão que já estava dormindo se assusta com a chegada dele, que mostra o porquê daquela entrada, o outro também assiste por uns instantes a presença da companhia que seu irmão tivera na vinda para casa, e com medo encostam a porta e deitam em silêncio, com a promessa do irmão mais velho em não anoitecer em suas visitas, pois não queria passar por aquilo novamente, onde teve a companhia de um boitatá pelo caminho.

O boitatá na volta da roça

Afonso da Silva Freitas

Em tempos de quebrança de milho, Heitor e mais dois empregados entardeceram na roça, pois queriam terminar um heito[25]. A roça ficava à distância de uns quatro quilômetros de onde moravam. E esse trajeto eles teriam que fazer a pé, mesmo depois de um longo dia de trabalho manual.

Numa certa distância do caminho, isso já era noite, viram erguer-se na propriedade de um vizinho, uma luz azulada que percorre um bom tempo à frente deles.

Percebendo do que se tratava, todos seguem num tenebroso silêncio, voltar para a roça, não podiam, e de qualquer forma teriam que passar por aquilo para chegar em casa. Nas proximidades da casa do vizinho, a luz pousa na cumeeira[26] da casa, permanecendo ali até eles passarem por ela.

Com o coração na mão de tanto medo, o corpo todo arrepiado, caminhavam sem sentir o chão aos pés, parecendo que

[25] Pedaço de terra.

[26] Parte mais elevada do telhado de uma casa.

flutuavam. Um dos viajantes inicia uma oração, num tom bem baixinho, vai rezando pelo resto do caminho, não se sabe se por medo ou por fé.

Num certo momento, aquele enorme esplendor os segue pelas costas, fazendo com que o caminho ficasse todo iluminado por algumas dezenas de metros. Mas eles não correram, permaneceram andando e sem olhar para trás. Comenta um deles depois que sentia até o calor daquele fogo assombroso.

Perceberam o fogo distanciar-se deles, continuam o caminho, chegam a casa, demoram recuperar a voz para contarem aos demais a inesperada e horrível companhia que tiveram pelo caminho.

Guiado por um boitatá

FELIX DURAL

Esse fato ocorreu comigo na época de solteiro, adorava sair em bailes. E numa certa noite, soube de um baile que iria acontecer a alguns quilômetros de onde eu morava.

Na noite do tal baile, para não ir sozinho fui à casa de um amigo meu para irmos juntos. Chegando a casa dele, descobri que ele não iria, porque no outro dia teria que se apresentar no quartel, pois estava servindo.

Para não voltar para casa e servir de caçoadas de meu irmão, resolvi ir sozinho mesmo. Logo que peguei a escuridão do carreiro avistei um fogo a minha frente, pensei comigo mesmo que era alguém com uma lanterna e que deveria estar indo também ao baile. Apuro os passos para encontrar a suposta pessoa, que parecia estar parada e iluminava o caminho para mim. Até o presente momento, estava tranquilo, sem sentir medo e contente por encontrar alguém de companheiro.

Ao tentar me aproximar dela, a luz se apaga de repente e voltou a acender a frente, aí fiquei com medo. Agora já não sabia onde me encontrava, de forma alguma conhecia o lugar que estava e sendo que, aquele lugar foi onde me criei.

Perdido, sem saber o que fazer, tendo a companhia de uma luz estranha, que quando eu tentava chegar perto dela, ela se apagava e aparecia mais à frente.

Resolvi então, soltar das rédeas de minha montaria, um burro, pois ele poderia por si só encontrar o caminho de volta, mas nada adiantou, ele ficava parado esperando meus comandos. E agora, não conhecia o lugar sem saber para que lado seguir fiz um pedido em pensamento, para que aquela luz pudesse me ajudar.

Fiz um cigarro e coloco-me em direção a ela de novo, e mais uma vez ela desaparece e volta a acender à frente, a segui, para ver onde me levava. Passado alguns instantes, eu a acompanhando e ela se apagando. Até que ouvi um burburinho de água, então me lembro, que perto da casa onde era o baile, havia um rio com uma pequena cachoeira, não estava errado, já próximo dali, era a casa onde iria ocorrer o baile.

Ao conhecer o local a tal luz desapareceu e não voltou mais. Cheguei ao baile, fiquei até amanhecer e me diverti bastante. Ao clarear do dia, tomei um chimarrão com o dono da casa e fui embora.

Ao voltar para casa, conheço todo o lugar onde andei, vejo por onde passei pelos rastos de minha montaria, fiquei pensando como fui me perder aqui. Não sei se aquela luz veio para me assustar ou me encaminhar ao local certo de meu destino. E também não sei se era um boitatá como muitos comentam ou se era algo bom, pois iluminou o caminho levando-me aonde eu queria.

A vingança da avó boitatá

Celso Pinto da Silva

Aqui na comunidade do Pangaré, viveu uma velhinha que muitos comentavam pelas atitudes dela que era um boitatá. Toda a noite ela dava um jeito e saía de casa, seu neto não sabia o que ela ia fazer lá fora toda a santa noite. E aquilo foi tirando seu sossego e sempre voltava depois que ele já tinha dormido.

Um dia, ele armou uma emboscada para descobrir o que sua avó fazia lá fora à noite. Ele morava junto com ela, e nessa noite, ele falou que iria visitar um amigo e iria demorar. Sai, mas não cumpre o que prometeu, fica escondido para espiar a avó.

Minutos depois de sua saída, escuta o som da porta se abrir e a avó sai depressa de casa, fala umas palavras que ele não entendeu, fica nua e transforma-se em uma luz forte como a luz de uma solda, levanta voo dali mesmo do terreiro. Ele a acompanha até onde a vista alcança. Mas com muito medo da volta dela, corre para dentro de casa.

Pensa consigo que havia descoberto o segredo da avó. Decidiu ficar acordado até a volta da sua avó. Quando ela voltou, encontrou-o sentado numa cadeira ao lado do velho fogão de lenha, estava como aguardando uma explicação por parte dela, mas disse a ele sem demora, que agora ele sabia do segredo dela, mas não era para contar para ninguém, mesmo depois da morte dela. Ele concordou, pois recebeu uma grande ameaça dela, que se contasse a alguém daria um jeito e o mataria.

Passou-se algum tempo e esse jovem foi morar com um fazendeiro, mesmo estando longe nunca contou a ninguém do que sabia da avó. Da sua saída da casa da avó, levaram poucos anos e a velhinha morreu.

Sua vida continuava normalmente, até certo dia, que passaram no local onde ele morou com a avó, ficou um tempo parado ali, olhando o antigo lugar que passou a infância. Seu patrão perguntou o que havia acontecido. Então ele resolve quebrar o pacto que tinha feito, de nunca contar nada a respeito da avó. Pensou consigo mesmo, "ela já morreu e o que pode me fazer de ruim agora?" E abriu o segredo ao patrão de como havia descoberto que sua avó era um boitatá.

E como segredo nunca deve ser quebrado, esse foi e ele recebeu o castigo que merecia. Numa noite voltando do trabalho, depara-se com uma luz esverdeada a sua frente. Que vem rapidamente em direção a ele e dá-lhe uma pegada, o derrubando do cavalo. O animal sai em disparada, ele ao tentar se levantar leva outro golpe daquele fogo verde. Não tendo para onde fugir, resolve correr e se jogar dentro de um rio que passava perto de onde estava.

Assim o fez para tentar escapar, mas não contava ele que, a tal luz iria o acompanhar, quando colocava a cabeça para respirar recebia um novo ataque do fogo. E foram tantas investidas do boitatá que o rapaz acabou morrendo afogado e encontrado no outro dia com grandes queimaduras por todo o corpo.

E a causa de sua morte foi descoberta depois que seu patrão contou a história à população que o rapaz há pouco tempo tinha lhe revelado.

A visita do boitatá

ANA MARIA DA SILVA LUBAS

Esse fato ocorreu comigo, quando passava uma noite na casa de meu pai, isso lá na comunidade do Caí, meu marido estava em Curitiba trabalhando e para eu não passar a noite sozinha ia dormir na casa do pai.

Estava uma noite bem clarinha, eu dormia no sótão da casa com a janela em frente à BR 116, esse quarto ainda não estava forrado e a luz da Lua iluminava partes do cômodo. Lá por umas horas os cães começam a latir desesperados, corriam de um lado ao outro do terreno, parecendo perseguir alguma coisa. Como aquilo não cessava, levantei e fui observar e ver se via o que incomodava os cães.

Ao olhar por baixo da janela, eu avistei um fogo interessante no terreiro do Sr. Ernesto Raksa. Eu achei que fosse alguém com uma lanterna atrás de alguma raposa que veio atacar as galinhas. Porém, aquela luz foi em direção à porteira, saída do terreno desse senhor. Fui acompanhando da janela do quarto, bem atenta em tudo o que acontecia lá fora, até que ela fez algo que me deixou amedrontada, ao chegar junto à porteira em vez de abri-la para passar, ela levanta voo e cruza por cima das tábuas, continuei olhando. O tal fogo andou em direção a outra porteira e fez o mesmo gesto, chegava e pulava por cima.

Aí, ela já estava no terreiro da casa de meu pai, vindo ao rumo onde eu estava, nesse instante, o medo foi aumentando e tomando conta de mim, os cabelos arrepiaram, um friozinho correu pela coluna. Quando passou perto do paiol, cheguei a ver a cor da janela verde, os cães permaneciam enfurecidos com a presença daquela luz. Não aguentei e fui chamar meu pai, para ele ver do que se tratava, quando descia as escadas, notei que meu pai já havia levantado e dirigia-se à janela dos fundos, falei à minha mãe que havia uma luz estranha andando lá fora, ela respondeu que meu pai já havia ido ver, quando ouvimos o som de um tiro, disparado por meu pai, até levei um susto com o barulho da espingarda.

Meu pai chegou e disse que era um boitatá que estava na mangueira[27] das vacas, mas ele já tinha espantado com um tiro, falou com tanta naturalidade como se aquilo fosse algo simples. Não muito sossegada, voltei à cama, ainda com receio, quando de repente escutei um assobio ensurdecedor, fiquei morrendo de medo, pois como já disse o telhado não tinha forro e a luz da Lua clareava-me pelas frestas.

Com aquele assobio não consegui ficar deitada e me levantei e fui novamente à janela, e novamente vi a luz clarear a janela do paiol e nesse momento pude observar as costas daquele vulto, era uma pessoa e também atrás dela havia a mesma luz que brilhava à frente e ainda mais, aquilo tinha um pescoço e não sei se por ilusão, mas usava uma cacharrel vermelha, tinha pernas, braços e um andar muito suave.

Então a luz misteriosa fez o mesmo trajeto do começo, foi em direção ao portão e novamente passou por cima dele voando, indo em direção ao terreiro do Sr. Raksa, passou por trás do paiol dele, cruzou a porteira da casa e foi em direção ao tanque que havia mais embaixo, as aves que estavam lá, fizeram o maior gritedo[28] ao avistarem a luz. E depois dali, já não consegui mais acompanhá-la com os olhos, desapareceu e não vi para que lado foi, até hoje não sei do que se tratava aquilo, se boitatá ou o quê.

[27] Cercado feito geralmente com tabuas para manter preso ou para alimentar o gado.
[28] Gritaria.

O encontro com um boitatá

Ana Gadonski Figura

Quando criança, uma das nossas diversões era ir visitar meu tio que morava do outro lado da BR 116. E sempre que íamos visitá-lo meu pai demorava voltar e pegávamos a estrada já noite.

Numa dessas nossas voltas, vimos algo que não esquecerei jamais, tinha uma bola de fogo enorme, sentada sobre uma enorme árvore de açoita cavalo. Todos com medo daquilo, permanecíamos quietos, enquanto a luz iluminava tudo por volta do local que se encontrava.

Meu pai continuou sem dizer uma palavra, como que respeitando a tal boitatá, passamos e ela permaneceu parada na árvore com seu brilho assustador. Ainda bem que não nos fez nada de mal, depois de estarmos já há uma boa distância, ela levantou voo e foi embora.

Após aquele encontro indesejado, demoramos um bom tempo para nos arriscarmos sair à noite a passeio.

carroceiros

Ana Gadonski Figura

Como ônibus nem existia antigamente e o único transporte era a carroça, as pessoas se reuniam para as viagens não tornarem-se tão cansativas e se desse um problema, os outros poderiam ajudar.

Foi numa dessas viagens, que se deu um fato assustador, na estrada que liga a igreja do Bolão à comunidade de Ponte Nova, quando três carroceiros voltavam de um passeio à noite, tiveram a companhia de um boitatá que veio sobrevoando as carroças e sentou-se atrás de uma delas.

Os carroceiros sem nada poder fazer, apenas tentavam acalmar os cavalos. Essa tal boitatá, permaneceu atrás da carroça até a chegada ao cemitério do Bolão, onde alçou voo e sumiu ali por aqueles lados, não trazendo um prejuízo maior, apenas o susto e o causo a contar aos outros o que nos aconteceu naquela noite tenebrosa.

O boitatá no terreiro de casa

Pedro Ari Mol

No tempo em que minha avó era viva, aconteceu um fato conosco que nos deixou bem assustados. Foi numa noite bem escura, quando estávamos todos em casa, meu pai, minha mãe, meus irmãos, minha avó e eu.

Minha avó saiu para ver eu não lembro-me o quê, lá no terreiro, ela avsitou um pequeno fogo no terreiro de casa, voltou rápido para dentro e nos contou o que havia visto lá fora. Fomos todos correndo ver, de repente a tal luz foi aumentando de tamanho, nos apavoramos e saímos da janela.

Meu pai era uma pessoa muito corajosa, nesse momento ele estava dormindo, o acordamos e ele foi ver do que se tratava. Quando saiu, avistou o fogo no chão, aproximou-se para ver o que era a tal luz, mas aquela luz não o deixou chegar tão perto, e levantou voo, indo pousar na copa de um araçazeiro. Permaneceu lá por alguns instantes, até que mais uma vez alçou voo e sumiu atrás de um vale que tinha mais a frente.

No outro dia, fomos observar o local onde a luz ficou parada e notamos que as folhas da árvore onde ela permaneceu, estavam todas sapecadas pelo fogo do boitatá. Esse fato nos serviu de lição, pois nunca mais saímos ou ficamos à noite fora de casa.

O boitatá na cumeeira do paiol

Miguel de Almeida

Numa noite muito linda de lua cheia, encontrava-me sozinho em casa, meus pais tinham ido a uma novena na casa de um vizinho, distante uns três quilômetros. Nessa época, eu tinha uns sete ou oito anos, dormia no paiol do lado de casa.

Meus pais demoravam a chegar e eu já preocupado, sempre observava se acaso eles estavam vindo, foi numa dessas observações que vi algo que me deixou mais com medo ainda, uma bola de fogo estava sentada na cumeeira do paiol. Voltei sem fazer barulho e renovei o fogo para ver se aquilo iria embora.

Sempre que abria a porta, lá estava o fogo, não ia de forma alguma embora dali. E o pior é que meus pais demoravam e eu tinha que ir dormir no paiol, onde se encontrava a tal luz.

Estava desesperado e nada de meus pais, quando me lembrei das palavras de minha mãe, que quando tivesse com muito medo de alguma coisa era para eu rezar a oração do "Creio em Deus Pai". Foi o que fiz, até parece que a tal boitatá ouviu a minha a minha prece, pois quando terminei, fui mais uma vez olhar a luz, apenas vi um rastro dela indo embora.

Esperei mais um pouco meus pais, como não chegavam, corri ao paiol e me deitei rapidamente na cama e cobri a cabeça, demorei dormir e só fui contar o ocorrido aos meus pais no outro dia, minha mãe prometeu não mais fazer isso comigo, me deixar sozinho em casa, principalmente à noite.

CONTOS DE PANELA DE DINHEIRO

A perda do ouro

José Maria de Jesus

Logo passando o cemitério da localidade do Bolão, havia um lugar muito bonito pela natureza que rodeava aquele canto. Lugar também de uma passagem na vida do Sr. José Karpinski. Um morador antigo desse lugar.

Havia nesse local um extenso gramadão que tinha um verde exuberante e, cenário de uma antiga morada, que foi abandonada pelos últimos moradores, a causa da partida dessa família até hoje é um mistério para todos desse lugar. Ao término desse gramado, iniciava uma mata bem fechada, pouco explorada pela ação humana.

O senhor José, morando próximo ao local, ficou sabendo de uns fatos ocorridos por ali que o intrigavam, era árvore caindo sem a presença do vento, e se fossem ver não encontravam nada ao chão, sons estranhos que ninguém definia o que era, parecendo conversa de humanos, choros de neném, e outras coisas sem explicação e teciam comentários que ali havia uma panela de dinheiro enterrada.

Esse senhor decidiu averiguar os ocorridos, estudou a floresta e constatou que o lugar era assustador. E com mais conversas descobriu o suposto local onde estaria o dinheiro. Ele estava enterrado próximo à raiz de um velho camboatá. Sabendo assim dessa informação, tratou de ir atrás de pessoas corajosas que quisessem viver essa aventura. Encontrou em três amigos essas virtudes e os convidou a desenterrarem o ouro que supostamente lá estava escondido. Convite aceito, foram os amigos à caça ao tesouro.

Dia marcado, um domingo à tarde, sem possibilidade de chuva, com várias ferramentas, partiram em direção àquela assombrada tapera[29]. Por morarem perto do local não demoraram chegar.

[29] Habitação ou aldeia abandonada.

Como eram homens fortes e decididos, puseram-se logo a cavar. Enquanto dois descansavam, os outros dois suavam a camisa atrás da possível panela de dinheiro. Quando já cavado um metro mais ou menos de fundura, começaram uns barulhos que dantes não havia. Mas, acharam normais e continuaram o serviço.

No momento que tocaram uma terra macia e umas pedras parecidas com carvão, os sons tornaram-se maiores, parecendo que havia iniciado um tufão de vento no meio da mata. Porém, como foi o combinado deles de não sair de lá sem o tão cobiçado ouro. Suportaram firmes todas as provações que para eles apareceram. Até que certo momento em que cavavam já cansados, eis que se forma uma imensa tempestade,

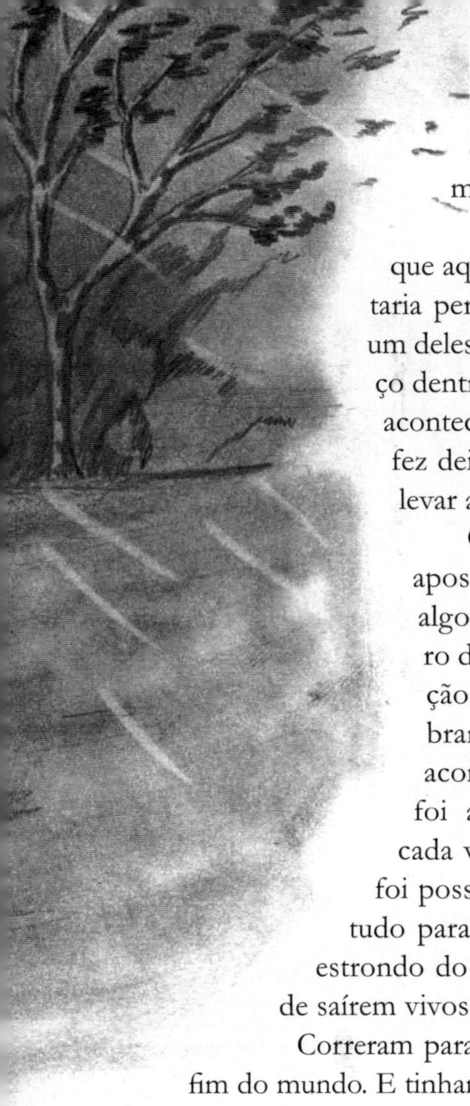

o estranho é que a terrível chuva se formou apenas sobre onde eles estavam.

Continuavam sem desistir, pois sabiam que aqueles sinais seriam uma prova de que estaria perto a tal "panela de dinheiro". Até que, um deles naquela terra fofa toca um objeto maciço dentre o solo macio. Foi nesse momento que aconteceu algo que eles não esperavam e que os fez deixar tudo e sair correndo sem ao menos levar as ferramentas que usavam.

O que os expulsou do local e de se apossarem de um pote cheio de ouro ou algo parecido, foi um barulho de um estouro de tropa, de animais que vinham na direção deles numa velocidade de assustar, quebrando tudo pela frente, esse barulho vinha acompanhado de berros de bois. E aquilo foi aumentando, parecendo se aproximar cada vez mais dos aventureiros. Até que não foi possível mais continuar, tiveram que deixar tudo para trás e salvar a própria vida, pois pelo estrondo do que se aproximava, não teriam chance de saírem vivos dessa.

Correram para salvar a vida daquilo que parecia ser o fim do mundo. E tinham que correr morro acima que tornava a fuga mais difícil ainda. Depois de salvos e tudo voltar à calma, o senhor José foi à procura de seus dois amigos que tomaram caminhos distintos do dele e se separaram no momento da fuga. Ao encontrarem-se não quiseram voltar ao lugar que cavavam há poucas horas e, notaram que o tempo estava bom, sem uma única nuvem no céu.

No outro dia, encontraram-se novamente e decididos voltaram à tapera para terminar de encontrar o dinheiro, encontraram o grande buraco aberto, todo o vestígio da presença deles ali, porém, nada daquele objeto que haviam tocado, cavaram por muito tempo em vão, acabando por desistir e notar que aquilo não era destinado a eles.

Uma terrível caçada

José Hitner

Numa noite clara, muito bonita, resolvemos meu irmão e eu fazermos uma caçada, convidamos um vizinho de meu pai e fomos a um mato grande, que ficava perto da nossa casa, pegamos as espingardas, cortadeira e os cães que eram os melhores do lugar e saímos, isso beirava às nove horas da noite.

Quando estávamos mais ou menos no meio da floresta, os cães começaram a ganiçar[30], até comentamos que tinham achado um bicho muito cedo. A corrida foi em direção a uma tapera e para lá chegarmos, tínhamos que cruzar o mato, passar por ela, daí para chegar onde os cachorros estavam.

O mato era bem fechado, mas por sorte a nossa, encontramos um túnel na floresta, desconhecido por nós, no meio do taquaral, esse túnel nos levou direto aos cães, que pareciam estar próximos a um tatu, bicho que caçávamos essa noite. Uma coisa nos surpreendeu, aquele lugar era muito limpo e logo à frente estavam os cachorros em volta de um tronco de árvore, aliás, um tronco bem grosso de uma árvore que fazia alguns anos que estava seca.

Porém, isso não nos fez parar com a caçada, um de nós amarrou os cachorros e como encontramos um buraco deduzimos que o tatu estava ali dentro. Começamos a cavar, de repente, surge um barulho bem

[30] Ato de ganir, gemer (cão) expressando dor ou medo.

longe de nós que não conseguíamos saber do que se tratava, não ligamos e continuamos cavar atrás do tatu. Aquele som aproxima-se cada vez mais e notamos que era o barulho de uma carroça que vinha numa disparada em nossa direção, paramos por um instante a escavação, pois concluímos que ali não havia meios de uma carroça passar naquele lugar e ainda mais correndo daquele jeito.

Enquanto o som se aproximava, os cães se alvoroçaram e faziam gestos que queriam escapar da corda para fugir dali. Nós, já sem saber o que fazer, só ouvíamos o som, quietos sem ninguém comentar nada aos outros. E como o som apareceu, também veio a desaparecer, num mistério, ficando um silêncio que arrepiaria a pessoa mais corajosa do mundo, pois não sabíamos o que estava acontecendo com a gente.

E o silêncio continuava, até os cães se acomodaram, quando pensamos em pegar as ferramentas para irmos embora, e achando que aquilo já tinha acabado, vimos a forma mais horripilante que nunca esqueceremos, um homem negro, com mais ou menos uns quatro metros de altura, que se encontrava bem ao lado daquele tronco onde estávamos cavando, olhamos aquela criatura assustadora, parada, sem mover um músculo e nos olhava, como que reprovando o que estávamos fazendo. Permanecemos sem força para reagir perante aquele ser tão grande.

Quietos sem fazer nada, nem correr conseguíamos, no entanto, depois que ele nos disse, "Saiam daqui, que o que tem aqui, não é pra vocês!", tiramos força não sei de onde e saímos correndo, cada um para o lado que estava apontando o nariz.

Eu corri tanto aquela noite como nunca corri na vida. Demorei chegar à casa de meus pais, todo cortado de espinhos, contei aos meus pais o ocorrido e de cansaço fui dormir, não vi meu irmão chegar. No outro dia, fomos à casa de nosso amigo saber dele e conversarmos sobre o acontecido. O encontramos todo arranhado de unha-de-gato[31].

Com a coragem recomposta, resolvemos voltar para buscar nossas coisas que lá deixamos e, visto que era dia. Fomos por onde lembrávamos, caminhamos o dia todo em busca de um lugar parecido com àquele, ao qual tínhamos estado ontem, mas não encontramos nada, perdemos as armas e tudo o que se leva numa caçada de tatu, nossa sorte que os cães voltaram para casa, foi o único bem que não perdemos nessa caçada inesquecível e, ganhamos uma certeza de que estivemos próximos a uma panela de dinheiro, mas não era para a gente e acabamos nem a vendo e também um aprendizado e uma promessa de não sairmos tão cedo caçar à noite.

---

[31] Erva com o tronco coberto por espinhos.

O encanto da panela de dinheiro

Raul Gomes

Perto da minha casa, aqui em Uvaraneiras[32], aliás, um lugar com muitas estórias de visagens, assombrações e causos de panela de dinheiro, algumas dessas panelas encontradas e outras ainda bem escondidas, mas com cada causo por trás delas, que se vier a contar ninguém acredita.

Então, como ia dizendo, numa estrada próxima da minha casa, havia e até hoje há, uma estradinha que leva para a casa dos meus vizinhos. E como aqui não se encontra muito que fazer, eu saía para visitar os amigos para uma boa prosa num final de tarde, fato que não é muito feito atualmente pelos mais moços.

Numa tarde de sábado, estava indo à casa dos vizinhos, quando num certo ponto do pequeno carreiro, quase entrando no mato, que precisava cruzá-lo para chegar ao meu destino, senti um calafrio correr pelo corpo, mas não havia nada por perto, tudo em silêncio. Os sentidos me faziam pensar que alguma coisa estava me observando, porém, continuei e me concentrando melhor no caminho.

Ao chegar à boca do mato, bem embaixo de uma grande e antiga guabirobeira, ouvi um ruído se aproximando de mim, sem aguentar de medo ou curiosidade, resolvo me certificar que a minha intuição não mentia.

Ao virar-me para olhar do que se tratava, dou de cara com um negrinho, baixinho, dentes bem brancos, tinha um olhar que botava medo em qualquer um, usava uma roupa estranha, parecia ser feita com saco de farinha de trigo.

Esse menino chegou perto de mim sem dizer uma palavra sequer. Eu também não disse nada a ele, pois não sabia do que se tratava e do

[32] Nome dado a uma localidade do município de Quitandinha.

que ele era capaz de fazer. Como já disse, ele era dono de um olhar de muita raiva, parecendo até estar com rancor de mim. Lembrei que ninguém tinha uma criança com aquelas características por ali, fiquei parado sem fazer nada, só esperando a reação dele. Chegou a uma distância do alcance das mãos, pensei em correr, mas acredito que o medo não deixava, pois tinha percebido que aquilo não era humano.

Sem ao menos eu esperar, o negrinho começa a me dar umas rasteiras, e eu sem poder me defender, fiquei ali, tentava me levantar e em pouco tempo ele me transferia outro golpe e já me via no chão novamente. Não sei quantos tombos levei, foram vários. E só me recompus, quando ele saiu correndo sumindo na floresta, levantei-me e fui à casa de meus vizinhos e contei-lhes a coça[33] que levei de um negrinho que nunca tinha visto por ali. Meus vizinhos riam do meu relato e do estado que ficaram minhas roupas, todas sujas de terra e de fiapos de grimpa[34] de pinheiro.

Até hoje me remoo de raiva, por não ter tido coragem de falar alguma coisa a ele e também, de ter dados uns sopapos naquele negrinho, que fez o que quis comigo, me derrubou do jeito que pensou.

Em outra passagem, isso já era noite, mas no mesmo lugar, onde tinha apanhado do negrinho, só que desta vez, eu estava vindo da casa dos mesmos vizinhos, uns três meses depois da surra que levei. Ao me aproximar daquele lugar, observo algo diferente no chão. Havia ali um clarão muito do estranho, parecendo um monte de brasas no chão e mais acima, caindo ao solo, uma espécie de cachoeira só que uma cachoeira de brasas, formando no chão uma lagoa de fogo.

Com muito medo, mas com vergonha em voltar e pedir ajuda aos meus vizinhos, decidi me aproximar daquilo. Nada em movimento,

[33] Surra.

[34] No estado do Paraná, grimpa é o nome dado ao ramo seco da araucária.

apenas aquela lagoa de brasas, que para eu passar, tive que dar um bom pulo. Dali desse incidente até minha casa era curto o espaço, cheguei rápido e entrei, depois de alguns minutos que me acalmei, contei o que havia visto e voltamos com aqueles que estavam lá em casa, para também verem aquela cena estranha, porém, ao chegarmos lá, nada encontramos, muito menos vestígio de fogo.

Após muita conversa com o povo, cheguei a uma conclusão de que isso que me aconteceu, nada mais seria que uma panela de dinheiro que se encontra enterrada por aqueles lados do mato que liga as duas propriedades e nunca investigada por ninguém, pelo medo das passagens vividas por mim.

A troca: sangue por dinheiro

Pedro Ari Mol

Com a suspeita do paradeiro de uma panela de dinheiro, Ladislau de Almeida, antigo morador de Cerro Verde, decide averiguar o assunto e ir atrás do suposto local que esse objeto se encontrava.

Por ser um homem prevenido de muita coragem, porém, não deixava da companhia de seu revólver, arma que foi o desfecho[35] desta estória.

Ladislau dirige-se ao local do duvidoso tesouro, numa tarde ensolarada de janeiro, o possível esconderijo era perto de um campo, ainda não visitado por animais, sendo assim, um lugar com muito mato, inclusive espinho.

E além de tudo, onde se encontrava a suposta panela de dinheiro era uma antiga tapera[36] desabitada há muitos anos. Sem receio algum lhe afligindo, começa cavar num local que se dizia então, estar o dinheiro. Poucas cavadas de terras tiradas e, eis que surge um negrão de uns três metros de altura ao seu lado.

Antes de o aventureiro pronunciar uma palavra sequer, o negrão pergunta o que ele deseja ali. Ladislau responde que quer o dinheiro, que ali se encontrava, então numa segunda pergunta ele quer saber o que daria em troca do que se encontrava escondido. Responde que se preciso fosse, deixava até sangue para conseguir tirar a panela de dinheiro.

Com essa resposta o guardião do tesouro dobra seu tamanho e diz que então iria pegar o prometido por Ladislau se atirando para cima dele. Sem ver futuro em uma briga com aquele gigante, ele corre o mais depressa possível para escapar daquilo, sem escolher caminho para a fuga, pega justamente o dos espinhos de inhapecanga[37].

---

[35] Conclusão ou remate de uma história.

[36] Idem ao número 23.

[37] Árvore com tronco e folhas cobertos por espinhos.

Corria o quanto podia, porém, a tal criatura não o deixava em paz, resolve como último recurso sacar da arma e atirar naquilo que o perseguia. Para não parar de correr, pega o revólver e sem mesmo fazer pontaria, dispara duas vezes para trás. Com os disparos, o homem que corria atrás dele encerra sua perseguição.

Mas nem por isso, o caçador do tesouro dá trégua às pernas, continua por mais alguns minutos a correr, só depois de sentir-se seguro para e respira mais tranquilamente. Com o descanso nota um ardimento em suas pernas e braços, daí então, repara que está todo retalhado com os espinhos do campo.

Após o fracasso da tentativa do enriquecimento fácil, contava ele sua façanha e zombava dele mesmo, que o dinheiro ele não conseguiu, mas cumpriu com o que disse: que se fosse preciso deixava até o próprio sangue como troca, e dum jeito ou de outro, ele deixou.

O cabedal[38] escondido

Madalena Follador

Este fato ocorreu com minha irmã, no tempo em que ela ainda era moça. Foi na localidade dos Brancos, município de Quitandinha no estado do Paraná. Ela com sua família moravam em uma casa de barro, em frente à casa dela, havia um enorme pinheiro a uns cem metros da morada deles. Tinham eles uma vida bem sofrida.

Toda a noite, ela ouvia murros na parede, então, ela perguntava aos outros se tinham ouvido também aqueles sons, todos a contrariavam. E antes de ir dormir, ouvia uma voz que dizia que no pé daquele pinheiro em frente a sua casa, existia um cabedal escondido e o dono dele queria entregar para ela. Esse fato, ela demorou contar aos outros, pois estava com medo que zombassem dela.

Só veio a contar a sua mãe, quando passava várias vezes por aquele lugar como que procurando alguma coisa, sua mãe se irritou e a questionou o porquê da sua visita quase que diária ao pinheiro. Sentindo-se acuada resolve contar o que acontecia com ela. Todos já se colocaram dispostos a irem atrás do tal tesouro, a dona, fala que eles podiam tirar, mas ela queria um pouquinho do dinheiro.

Com o acordo de todos, na mesma noite vão à procura da panela de dinheiro, porém, ela que recebia a visita da estranha voz, preferiu ficar apenas assistindo eles arrancarem a tal panela.

Cavoucaram durante alguns minutos no local indicado, mas se veem em apuros e tiveram que desistir, porque não aguentavam a presença de tanta formiga, numa quantidade espantadora que os picavam e aquilo ardia muito, mais do que o normal.

[38] Conjunto de bens que formam o patrimônio de alguém.

do, ela resolve mais uma vez ficar apenas expiando o trabalho dos irmãos.

Num certo momento da procura, aparece um porquinho junto dos que estavam escavando a terra, todos se admiram e se questionavam como ele tinha fugido dos outros e teria vindo ali e fazer o quê. Certo tempo, descobrem que aquele porquinho fazia parte do encanto do dinheiro escondido e um dos cavadores ataca o tal bichinho com um golpe de cortadeira. Ele desaparece assim como havia aparecido. Enquanto eles faziam isso ao porquinho outro fato ocorria com minha irmã que tinha ficado apenas observando a cena.

O que ela viu foi o surgimento de um cavaleiro que parou em frente a ela, a fitou nos olhos por alguns instantes. Até aí nada de mais, porém é que esse tal cavaleiro era todo feito de ouro, inclusive seu cavalo. Aquilo reluzia na escuridão, deu uma volta no lugar e se pôs a correr em direção aqueles que cavoucavam. Ela com medo do que ele viesse a fazer com eles, começa uma gritaria da porta da casa, mas é em vão, pois ninguém escuta seus apelos.

A corrida do cavaleiro de ouro segue em direção a eles que nada veem, a uns metros ele se joga dentro do buraco aberto por eles e ali desaparece. Ela não aguenta esperar, vai correndo ver com eles o acontecido, respondem que não viram nada, apenas tiveram a presença de um porquinho branco. Cavoucam a noite inteira, cansados resolvem abandonar e deixar para outro dia a procura.

A partir desse dia, minha irmã não ouviu mais nada de voz nem murro na parede. E nessa mesma semana recebem uma visita inesperada de um viajante desconhecido que chega e pede um pouso aos donos da casa. E não faz restrição nenhuma, dizendo que aceita dormir no paiol mesmo e, só por aquela noite. Sem saber da intenção da visita, o recebem sem problema abrigando-o no local que pedira.

Na manhã seguinte, como era o costume na casa de minha mãe, todos levantaram cedo e foram levar um café ao hóspede. Ao chegarem ao paiol, foi grande a surpresa, o viajante não se encontrava mais lá, tinha seguido viagem, durante a noite mesmo.

Ninguém desconfiou do porquê de sua partida repentina, só minha irmã que achou aquilo muito estranho, resolve averiguar o local do cabedal que tinha ganhado. Chegando ao local onde os irmãos dela haviam cavado, sua suspeita se comprova. O viajante havia levado o dinheiro embora e deixado apenas um baú velho, todo enferrujado onde era o possível lugar que estivesse o dinheiro. Chama os outros e em uma conversa não muito animadora chegam à conclusão que não poderiam ter atropelado o tal porquinho branco que os visitou, sendo ele o elo para que pudessem encontrar o ouro escondido e na hora que o cavaleiro vai em direção a nós, ele encanta novamente e entrega a um outro o segredo do cabedal escondido, e que nós não soubemos aproveitar.

A barra de ouro

MIGUEL DE ALMEIDA

Corria um boato de um vizinho meu aqui do Cerro Verde, que andava tendo uns sonhos estranhos com uma velha. E nesses sonhos ela oferecia a ele um objeto que não conseguia decifrar o que era.

Contava direitinho onde estava escondido, que tinha o formato de um tijolo. E de tanta persistência nesse sonho, esse meu visinho acabou por ir averiguar o local descrito em sonho pela velha. O lugar era numa curva do rio Ribeirão Vermelho onde havia muita lama e que era nessa lama que estava o tal tesouro.

Era uma tarde normal, quando esse meu visinho foi atrás do que foi prometido em sonho a ele. Tomou muito cuidado para ninguém perceber a sua saída.

Chegando ao rio percebe que a água estava meio turva e suja, aquilo não era normal, pois só sujava quando chovia e aquele dia chuva alguma tinha caído, mas continua sua caminhada e faltando apenas duas curvas para chegar ao local indicado, escuta gritos de crianças que pareciam estar brincando na água do rio. Pensa com ele mesmo, que aquele dia a sua busca tinha sido em vão, pois havia gente próxima ao local descrito no sonho.

Porém não desiste e vai ver quais crianças brincavam na água, sendo que aquela curva onde estavam era uma das mais funda do rio. Ao se aproximar da algazarra, grande foi sua admiração, pois se deparou com sete negrinhos, todos pelados que se banhavam nas águas do rio. Mergulhavam, pulavam de árvores, tentavam uns afogar os outros. E o meu vizinho fica observando por um bom tempo a farra dos moleques.

Ele estava escondido entre os ramos assistindo a cena estranha, pois ali por perto não existia criança negra. Passado alguns minutos, um dos negrinhos se vira em direção a ele e diz que é para ele largar de os observar, pegar o que veio buscar, e ir embora os deixando em paz.

Leva tremendo susto, pois achava que eles não o tinham enxergado. Sai dali, sobe mais uma curva do rio e coloca-se a procurar na lama o tal objeto.

Até aí, ele contou para nós, mas se o que ele achou era ou não ouro, isso ele nunca revelou, apenas diz que foi só se sujar. Outras pessoas dizem que o que ele achou foi uma enorme barra de ouro que estava enterrada na margem daquele rio. Se é verdade, ninguém sabe, só sei que esse meu vizinho logo se mudou dali e hoje vive em Curitiba, tendo um boa fortuna em móveis e em dinheiro e quando vem nos visitar tocamos no assunto, mas ele só conta até onde nós já sabemos, não revelando nada se encontrou ou não o tal tesouro da lama.

O pote de dinheiro

Miguel de Almeida

Uma coisa boa de fazer no interior é juntar pinhão, e depois de um grande vento, deduzimos com meu irmão que havia caído bastante desse fruto e fomos convidar nosso amigo Juvino para irmos ao Matão dos Estalque catar pinhão.

Então partimos Juvino, Dário e eu em direção ao tal mato. Com os sacos já cheios de pinhão e cansados, resolvemos voltar, mas em nosso caminho havia uma subida que tivemos de subir de joelhos para vencê-la. Mais ou menos no meio dessa subida encontramos um grande buraco causado pelas raízes de uma árvore de sapopema que havia caído.

O que nos chamou a atenção foi que naquele grande buraco avistamos um pote de barro com aproximadamente uns cinquenta centímetros de comprimento e uns trinta de diâmetro.

O Juvino não quis levar porque queria juntar um pouco mais de pinhão, então, disse-me para eu levar, pois eu estava com menos pinhão, eu disse que não iria levar, pois minha mulher sabia fazer aquele tipo de pote. E Dário também não deu a mínima ao objeto e acabamos indo embora deixando o tal pote lá no fundo do buraco.

Chegamos em casa e contamos ao Cordeiro, um vizinho, o que havíamos encontrado na mata, ele ficou bem louco e pediu para mostrarmos a ele onde ficava o local do suposto pote de barro, pois aquilo se tratava de uma panela de dinheiro e nos contou como antigamente esses potes eram enterrados. Disse ele, que antigamente os padres jesuítas andavam investigando os lugares, eles pegavam esses potes cheios de moedas de ouro e perguntavam aos escravos quem queria ficar cuidando daquilo, se algum deles falasse que queria, eles pegavam e matavam essa pessoa e enterravam junto com o dinheiro para ficarem cuidando do pote de ouro.

Até tentamos ir ao local por onde encontramos aquele pote, mas quem diz que encontrávamos, reviramos todo aquele lugar, mas de forma alguma achamos nada, nem sequer a árvore que havia caído, ficando só a decepção de não ter pegado o pote e ter se tornado rico.

CONTOS
DE
GRITADOR

O brado assustador

José Hitner

Onde eu morava antigamente, existia uma serraria que dava emprego para muita gente, inclusive eu, também trabalhava lá. Havia dois caminhos que levavam a essa serraria, um mais seguro, porém, mais longe e o outro mais dificultoso, mas era o caminho mais rápido a quem ia a pé.

Nesse atalho à serraria, havia uma ponte perigosa para se passar, pois era apenas uma pinguela[39], o rio não tão grande, no entanto quando cheio nas enchentes se tornava arriscado cruzar pelo tronco.

E esse caminho cortava uma floresta, densa, até meio assustadora, andar sozinho causava arrepio. E certa noite, quando voltava para casa ouvi um grito parecendo ser de alguém que estava bem longe dali, não dei muita atenção, continuei minha caminhada.

Num segundo brado[40], agora bem mais perto, resolvi responder, achando que era alguém que se encontrava perdido, gritei bem forte para o suposto perdido ouvir e ver

---

[39] Tronco de árvore que serve de ponte sobre um rio.
[40] Grito, clamor.

que alguém o tinha notado. Após uns segundos apenas, num infindável silêncio, ouvi o grito mais próximo de mim, e pensei comigo mesmo "como essa pessoa é rápida!", mas assim mesmo, respondi pela segunda vez àquele grito.

Que arrependimento de ter dado aqueles gritos, aquilo a quem eu respondia, deu um grito amedrontador a poucos metros de mim e parecia estar no ar, sobrevoando por cima de minha cabeça. Tamanho foi o meu susto que paralisei minhas pernas não iam nem pra frente nem pra trás, fiquei ali estático com aquilo dando rasantes sobre mim. E para o meu desespero, aquele ser voador, dá mais um grito, que parecia estar gritando dentro de meus ouvidos.

Com o tempo que sobrevoou sobre mim, pude notar as características daquele ser estranho, consigo até fazer a descrição dele, era um velho de barba grande e branca, baixinho. Parecia que carregava um menino nas costas dele e, cada vez que aquele que estava nas costas dele, puxava sua enorme barba, ele soltava um grito muito agudo, que ecoava pela floresta afora.

Fiquei uns momentos sem entender o que estava acontecendo, até que aquele ser demonstrou que iria descer ao chão, fiquei apavorado, pois estava a poucos metros de algo de outro mundo, aquilo me olhava dentro dos olhos parecendo querer me dizer algo, mas não esperei sair uma palavra sequer, quando minhas pernas recuperaram as forças, saí numa disparada sem olhar pra trás e, só parei no portão de entrada de minha casa.

Sem fôlego de tanto correr, não podia explicar a minha aventura aos meus pais. Depois de tomar uma água com açúcar, me acalmei e dei meu relato do que havia acontecido e, para me deixar mais assustado, meu tio me fala que se eu tivesse cortado a barba do gritador eu o libertaria e em troca receberia uma fortuna por ter devolvido a sua liberdade. E uma aprendizagem de meu pai que nunca responda a um pedido sem ter a plena certeza de quem está pedindo ajuda, ainda mais à noite.

Foi com esse fato que fiquei conhecendo o tal "Gritador" e mesmo sabendo da possibilidade de ficar rico, não quero de forma alguma me deparar com aquela criatura assustadora novamente.

O gritador do Caí

Afonso da Silva Freitas

Em épocas remotas, quando nem estradas existiam para ligar uma comunidade à outra, sendo apenas carreiros ou picadas abertas na mata. E o meio de transporte desses bravos desbravadores era o cavalo, carroça ou mesmo a pé.

Em certa viagem, Heitor Batista, viajava à noite, aliás, uma noite escura por demais e bem tarde, aproximadamente uma hora da madrugada, pois entardeceu em conversas com amigos num boteco nas proximidades da atual comunidade do Caí, no município de Quitandinha. Mas precisava voltar para casa e aí se deu o ocorrido com ele.

Ainda muito longe de casa, situada no "Campestre dos Paula", escuta um assobio muito forte, que não sabia de onde vinha se da sua frente ou das suas costas. Dão-se uns minutos de silêncio, com seu cavalo num andar tranquilo, sem apressar o passo. Passado uns minutos, o mesmo assobio, resolve ele então assobiar também para responder, achando ele se tratar de uma pessoa perdida na noite.

Mal acaba seu assobio, ouve um brado muito próximo a ele. Seu cavalo dá uma refugada que quase o derruba por conta daquele grito ensurdecedor e sai em galope pelo estreito carreiro no campo. E pela segunda vez, escuta o mesmo brado, parecendo cada vez mais perto e representava voar junto a ele nas suas costas, seu chapéu fica para trás. Seu cavalo em disparada e o cavaleiro, seu Heitor, sem forças para governá-lo.

Segue a disparada naquele carreiro estreito e aquele ser voador parecendo querer pegá-lo pelas costas, vendo-se em situação difícil sem saber o que fazer, resolve apelar à ajuda divina, lembra de uma oração que sempre levava consigo no bolso da camisa, apodera-se dela e a coloca para trás como se quisesse mostrar a reza àquilo que o atacava.

proferindo a seguinte frase: “O que vale é a escrita”. Em seguida aquilo desaparece no ar o deixando em paz, seu cavalo vai diminuindo a correria como que percebendo que já estavam livres daquela assombração e se tranquiliza sem ao menos uma ordem do cavaleiro, que também se sente aliviado e livre daquele horrível mal que o afligiu.

Heitor já em casa, conta os apuros que passou, prometendo não entardecer mais nos bares e a não mexer com forças que ele não conhecia.

O assobio misterioso

Felix Dural

Numa noite muito escura, na volta da casa da namorada, meu irmão mais velho passou por uma experiência que não se esquece jamais.

Vinha ele pela estrada, quando escuta um assobio bem longe dele, não ligou, continuou andando e mais alguns instantes passados, outro assobio que o deixa intrigado. Pensa consigo: “Vou responder para ver o que é isso e o que faz.”

Após o seu assobio, escuta outro só que bem mais próximo dele, fica quieto sem fazer gesto algum, mas é tarde demais, meu irmão é encontrado por aquilo que tinha assobiado. E em poucos segundos enxerga algo voando próximo a ele e solta outro assobio que o deixa quase surdo. Então meu irmão começa a correr em direção a nossa casa.

E aquilo o acompanhava bem de perto, dando assobios que de tão fortes pareciam brados. Foram quase dois quilômetros que durou a perseguição, acabou quando meu irmão chegou em casa e que de tanto susto nem a porta não pediu para abrirem, pois entrou arrombando-a com tudo.

Fica alguns instantes numa respiração ofegante, sem a voz sair, só mostrando a porta, que era para fecharmos. Aliviado do susto e recuperando a voz, conta o que aconteceu. E promete perante todos não provocar mais o que não conhece e ficou um bom tempo sem sair à noite, com medo daquilo que lhe deu tamanho susto.

CAÇADAS DE TATU

A caçada de tatu

Afonso da Silva Freitas

Quando caçar ainda era permitido e a caça era abundante por estes lados, ocorreu um fato bem intrigante ao meu tio, isso foi no "Descidão dos Santos" em Campestre dos Matoso, foi numa caçada de tatu, pois naquela época não havia diversão nenhuma e as caçadas eram um meio de lazer e garantia uma mistura para o almoço.

Nessa caçada, meu tio estava na companhia de mais dois companheiros, tinham uns cachorros bons de faro e era difícil perderem a viagem com eles, sempre caçavam com esses cães. Então ao chegarem ao mato, floresta quase inexplorada, apenas caçadores por ela se aventuravam entrar, soltaram os cães das correntes que saem mato adentro a procura de tatu, os companheiros se revezam levando a cortadeira, espingardas e facões.

Passado uns trinta minutos da largada dos cachorros, escutam um ganido dos cães, ficam na escuta para ver se a corrida para em algum lugar. Levando certo tempo, os cães cerram a acoação e mais que depressa os caçadores se colocam em disparada em direção ao local que os cães se encontravam. Encontram o local, averiguam e veem que se trata de um buraco, provavelmente um ninho de tatu. Preparam-se para iniciar a cavoucar atrás do animal.

Antes de iniciar a escavar a terra, um dos caçadores resolve por em prática uma velha tática de caçador de tatu, cortou uma pequena vara, abaixou-se e bateu com ela no fundo do esconderijo do bicho, parou para ouvir algum ruído que denunciasse a existência de um tatu no buraco, mas ouve uns barulhos estranhos e pede a atenção dos amigos para aquilo que tinha ouvido.

Então, todos se acocam para ouvir com mais atenção os sons vindos da toca, nesse instante até os próprios cachorros silenciam-se, quando estão com os ouvidos próximos à toca ouvem sair de lá uma frase assustadora: "*Espera que eu já saio!*", nem teve conversa, saem os três numa disparada sem procurar rumo algum, deixando tudo para trás, apenas os cães os acompanharam. No restante da noite não conseguiram se encontrar, levando horas para chegarem a suas casas, cada um de uma vez.

No dia seguinte, um vai à casa do outro para ver se estava tudo bem, encorajam-se e vão à procura de seus pertences que deixaram quando saíram às pressas. Procuram por várias horas, e num instante conhecem o local, encontram as ferramentas, espingardas e facões, porém, a casa do tatu que eles tinham encontrado não a viram em lugar nenhum, sendo uma boa alternativa para os fazerem sair rapidamente daquela mata e não voltar pra lá tão cedo.

O cavalo fantasma

Pedro Ari Mol

Numa noite de luar, pensei “Que noite especial para uma caçada de tatu!”, então, combinamos meu irmão, um vizinho e eu e fomos dar uma volta no mato. O mato onde fomos não era muito longe de casa, pegamos os cães, passamos a corrente neles e partimos em direção à floresta.

Como não tínhamos dinheiro para uma boa lanterna, nos valemos da antiga lanterna de vela, que clareava muito pouco, apenas poucos metros de distância. Mas isso não era desculpa para se recusar uma boa caçada.

Chegamos ao local desejado, soltamos os cachorros para saírem atrás da caça, levou apenas alguns minutos e começou a acoação que denunciava que os animais tinham encontrado o bicho que buscávamos. Não demorou muito e notamos que os latidos vinham de um lugar apenas, isso significava que o tatu já estava entocado, corremos com dificuldade pela escassez de luz que tínhamos, até encontrarmos a toca.

Tiramos os cães de lado para começarmos a cavar, durante uns quinze minutos cavamos sem nada de anormal acontecer, porém, notamos que da noite clara que estava, passou a mudar de repente, o céu se fechou em poucos minutos, como se estivesse formando a maior tempestade. E com isso, vem um vento repentino na copa das árvores e dentro do mato onde estávamos. Esse vento era tão forte que apagou nossas lanternas, a partir daí começamos a ficar com medo do que viria pela frente.

E não é que o pior ainda estava por vir. Os cachorros ficaram malucos e nos rodeavam chiando, parecendo estarem com muito medo ou sabendo de algo que estava para acontecer. Naquela noite escura que se transformou não tínhamos contato visual uns com os outros, apenas conversávamos, já pretendendo ir embora.

Nessa discussão de pararmos ou não a caçada, ouvimos um tropel[41], que se aproximava numa velocidade de louco, pois estávamos dentro do mato e não poderia estar correndo tanto assim. Sem saber do que se tratava realmente aquilo, esperamos chegar mais perto. A uns cem metros da gente, enxergamos um clarão vindo em nossa direção numa velocidade espantosa.

Chegamos perto um do outro, pelo som da voz de meu irmão, enquanto aquilo vinha em disparada ao nosso rumo. Em poucos segundos estávamos cara a cara com aquela criatura infernal, um cavalo enorme, mas não um cavalo comum, era um animal que não tinha pelo algum sobre o corpo, toda sua carne estava à vista e seus olhos eram duas bolas de fogo que iluminavam grande parte de onde nos encontrávamos, havia alguma coisa montada nele que não pudemos decifrar o que era.

Esse animal parou em nossa frente, empinava, bufava, nos olhava nos olhos demonstrando estar muito nervoso com a nossa presença naquele local.

Imóveis sem saber o que fazer apenas encarando o cavalo e esperando a próxima reação dele. Numa virada mais que depressa, como chegou, saiu em disparada, mas em direção contrária da que veio. Aquilo ia levando tudo por frente, passou do mato à tiguera[42] de milho e desapareceu na escuridão que tinha se formado. Levamos alguns minutos para nos restituir da aventura que passamos, aos poucos fomos recuperando a coragem, juntamos o que estava às mãos e fomos saindo do mato sem ninguém pronunciar uma palavra aos outros.

Ao colocarmos o pé para fora da mata, o tempo foi mudando, clareando, o céu limpou,

[41] Ruído produzido por patas de cavalos.
[42] Local da roça após a colheita.

voltando àquela noite bonita que estava do início da caçada. Só nos falamos quando chegamos em casa, sem saber de onde tinha aparecido aquele horrível animal.

No outro dia, voltamos ao local da aparição da visagem, para vermos os vestígios que ficaram, porém, não encontramos nada de diferente do que era, tudo em paz, sem uma única folha tirada do lugar, apenas a terra cavoucada por nós. Fomos onde era uma roça, pois ali devia ter ficado rastros, visto que tinham arado não muito tempo atrás aquela antiga lavoura, mas para nossa surpresa nada encontramos ali também. Só ficou a história para contarmos daquela noite macabra que vivemos, sem uma convincente explicação daquilo que aconteceu conosco.

O grito na estrada

Joaquim Fernandes

Numa certa noite, fui com os companheiros caçar tatu numa capoeira aqui perto de casa. Naquele tempo tatu havia de montão, em qualquer mato se encontrava e parecia que ninguém ligava para caçada.

Era no tempo da Quaresma, soltamos o cachorro que logo percebeu alguma coisa e veio trazendo aquilo para junto de nós, eu corri para cercar com o pensamento que fosse um tatu que o cachorro estava perseguindo. Ao chegar ao meu encontro e para o meu espanto só o cão chegou bem louco em mim e eu não vi nada.

Depois dali o cachorro foi em direção a uma touceira[43] e reiniciou a acoação, cheguei nesse monte de mato e mexi com o cano da espingarda e para um segundo susto, sai um barulho muito estranho indo moendo mato em direção ao "Mato do Ulkan". Fomos atrás, mas já todos com medo de tudo aquilo.

Num certo ponto dessa perseguição percebemos que aquilo não era normal e optamos por desistir. Quando já estávamos preparados para irmos embora, escutamos um grito no alto da estrada: "EU VOU". Ficamos todos em silêncio, não levou muito tempo, o mesmo grito. Daí foi pior, e em seguida mais um grito com a mesma frase. Meu medo acabou me dando coragem e eu disse: "Pois então que venha!".

Ao terminar minha resposta, aquilo desceu quebrando pau, mais que depressa, um pouco por medo, começamos a juntar graveto[44] para iniciarmos um fogo, que foi a nossa salvação. Aquilo a poucos metros de nós começou com um soluço muito esquisito. Mas, perto de nós ele não chegava, acredito eu que por causa do fogo.

[43] Parte da árvore depois de cortada ou capim que fica vivo no solo.

[44] Pedaço de lenha miúda.

Ficamos ali por um bom tempo e aquilo em nossa volta, mas com jeito conseguimos escapar. Chegamos em casa ainda ouvindo o barulho do soluço. Entramos com um vento muito forte em volta da gente. Nem tinha contado a minha esposa, Ana, o que houve, escutamos vindo pelo mato o mesmo barulho, quebrando pau e com o mesmo soluço. Minha mulher até falou para nós abrirmos a porta que podia ser a Lurdes que vinha correndo tentando escapar do Mingo, seu marido, que a surrava muito, quando bêbado.

Mas recusamos abrir, pois sabíamos do que se tratava e não queríamos nos deparar com o que não conhecíamos. Aquilo ficou até altas horas da madrugada fazendo aquele som, ainda bem que não passou disso!

HISTÓRIAS VERÍDICAS

O justiceiro do campestre

Ana Maria da Silva Lubas

Em tempos remotos, onde o município de Quitandinha ainda não havia, sendo apenas localidades distantes umas das outras, pessoas arredias viviam em muitas vezes sem a presença da justiça e da lei.

Surge, então, vindo do município de Lapa, João da Silva Freitas, "o Batista", servidor do exército, homem de muita coragem e valentia, não temia nada nem ninguém, por essas características tornou um mito no município de Quitandinha.

Chegando a Campestre se depara com um grupo de pessoas arruaceiras, capazes de inacreditáveis vandalismos, desmanchavam bailes, festas, batiam nas pessoas em bares, porém, o fato pior era este, davam jeito, subiam no sótão das casas onde estava havendo um velório e urinavam no defunto. E também pelas frestas da parede cometiam as mesmas barbáries em novenas que ocorriam na vizinhança.

Batista ficando conhecedor de todos esses fatos, começa uma caçada aos tais arruaceiros já mencionados. Vai a bailes e festas para tentar dar fim a esses malfeitores e a suas pilantragens. Quando os encontra dá-lhes boas lições de moral, visto que era um exímio lutador, pois havia tido aulas de autodefesa com um marinheiro conhecido como "tio Barin".

Após tantas surras, esses grupos se cansam e através de um mensageiro, avisam que iriam matá-lo. Batista passa a andar armado com dois revólveres à espera do ataque prometido. Porém, seu pai descobre que Batista anda armado e o repreende dizendo que é para deixar de lado essas armas e ter fé em Deus que nada iria acontecer, por ser muito obediente ouve o pai e o ataque prometido nunca acontece e o desaforo aos moradores do lugar chega ao fim.

Batista fez várias mudanças até equilibrar-se financeiramente, morou em Rio do Poço, trabalhou com o Sr. Paolini, nome conhecido na história de Quitandinha. Na próxima mudança ao Caí, retornando, toca a vida cuidando de um boteco.

Nesse estabelecimento, surge um Senhor, José Alves, um tremendo fofoqueiro, confiante. Começa a falar de Batista, que era um gabola, intrometido e outras provocações. Essa conversa foi até o acusado se encher com aqueles insultos, pula do balcão, saca da arma e puxa o gatilho próximo ao ouvido de José Alves. Que de susto cai no chão, no chão ele escuta Batista falar para trazer mais bala para acabar com a vida daquele fofoqueiro, que levanta num repente e desaparece nunca mais voltando naquele lugar.

Em outra passagem, no mesmo bar, uns rapazes bebem bastante, fazem muita arruaça e não querem pagar um litro de pinga que haviam bebido à esposa de Batista. Ela manda chamar o marido que não se encontrava no bar nesse instante. Vem o mais rápido possível, sua mulher explica o acontecido, um dos homens a chama de mentirosa, sem pensar nas consequências, Batista o tira para fora, dá-lhe uns tombos e umas bolachas na cara, e pergunta aos outros se alguém achou ruim, os outros acham que ele mereceu, depois vão embora pagando corretamente o consumo.

Com todas essas e demais passagens, Batista ganha a confiança da comunidade sendo respeitado por todos do lugar, mantendo a ordem ali nesse antigo povoado, acabando por receber o título de "Justiceiro do Campestre".

A lenda da Lagoa Verde

Miguel Resner

Lagoa Verde é uma das localidades mais conhecidas e antigas do município de Quitandinha, mas como tudo passa rápido, hoje muitas coisas de antigamente já não são as mesmas de alguns anos atrás, tudo muda e a natureza muda junto com o jeito dos seres humanos verem a vida.

Lagoa Verde ganhou esse nome por causa de uma bela lagoa que se formava num campo no tempo das chuvas chegando mais ou menos a medir uma quarta de chão, uns dez litros de terra, e se mantinha com água mesmo durante as secas, com mais ou menos um metro e vinte de água. Por sua localização, um campo, quando ela enchia de longe refletia o verde do capim, dando assim característica para ela ter o nome que tem.

As suas águas eram de muita serventia, matava a sede dos animais que ali viviam e também era um local que servia para dar banho nos cavalos de corrida, sendo naquela época até um ritual ou uma forma de simpatia dos carreireiros[45] que traziam seus cavalos corredores para um banho nas águas verdes da lagoa, vinham donos de cavalos de tudo quanto era lado, para banhar seus animais, pois ali o cavalo ganhava mais força para as carreiras, diziam eles.

Em volta dela havia um belo mato, que com o tempo esse mato foi sendo cortado para a criação de animais e também a prática da lavoura, com isso, ela foi sendo coberta de terra que vinha das enchentes e a cada chuva, mais rasa ia ficando, atualmente a famosa lagoa verde nem existe mais, apenas um cercado de arame para o gado não entrar, sendo que em seu antigo leito hoje dá para se andar sem ao menos molhar os pés, não demonstrando a quantidade de história que por ela se passou.

O progresso é coisa muito boa, mas ele deixa rastros que dificilmente são apagados, um exemplo é a lagoa verde que nunca mais irá ter a sua distinta cor e beleza que dantes teve. O que só restou de bom, dessa que foi uma das mais belas lagoas já vistas, foi o nome que ficou à localidade e acredita-se que isso ninguém mais pode tirar.

---

45 Pessoas que faziam corrida entre cavalos.

A cobra gigante do Rio da Várzea

Alvino Kosinski "Víntio"

Em estórias de pescaria poucos dão créditos em tais fatos, sendo que na maioria delas recebem aumento ou distorções dos ocorridos.

Pensamento que se encaixa com o acontecido na localidade do Lambari, comunidade próxima ao Pangaré, o aparecimento de uma cobra muito grande que nadava nas águas tranquilas do Rio da Várzea, rio que é referência ao município de Quitandinha.

Essa tal cobra, era vista sempre à noite por pescadores e outros moradores. Comentam que nunca tinham visto nada igual, o bicho era grande demais, fazia ondas nas águas calmas do rio. Ninguém afirmava o tamanho dela, pois à simples visão de sua cabeça fora d'água, já era motivo suficiente para todos fugirem desesperados, deixando tudo para trás.

Foram vários os pescadores que fugiram tocados pela cobra, com todas essas aparições o tal bicho fez fama, acabando até por virar notícia de jornal.

Com o boato espalhado, formam-se muitos grupos que vinham ao parador da tal serpente, e pessoas que afirmavam que estavam sumindo animais de suas propriedades, porcos, carneiros, novilhos e até vacas adultas.

Inclusive uma rede de TV veio à procura da tal cobra, na esperança de se comprovar a presença da desse réptil gigante. Não foram felizes em suas buscas e a cobra ficou oculta aos olhos da mídia. Apenas coletaram-se narrações de pescadores que tinham avistado e corrido com a presença dela.

Por um bom tempo essa conversa espalhou-se por toda a região, até um dia, ou melhor, uma noite, a história da cobra gigante desmistificou-se numa pescaria do Sr. Vintio, um antigo morador do lugar. Estava ele pescando com sua família, quando de repente, a água começa a se agitar, como se tivesse algo descendo o curso do rio, imaginaram que poderia ser a tal cobra tão comentada.

Não levou muito tempo, avistaram algo vindo em direção a eles, com a luz da lanterna, os olhos daquilo que descia brilhavam no escuro. Com medo de um possível ataque todos começam a correr apavorados, tentando abrir a porta do carro para o mais rápido saírem dali.

Porém, a mulher de Vintio, Sílvia Cosinski, não entrou no veículo, na esperança de ver melhor aquele animal tão comentado. Todos já embarcados para fuga gritavam em desespero para ela entrar, mas os contrariou e não perdeu de vista a suposta cobra, nem tinha como, pois aquilo era muito grande, quando estava uns cem metros para passar por eles, notou que a cobra tinha umas orelhas, coisa anormal nessa espécie. Continua observando-a, então, dirige-se a uma pequena praia na margem do rio parecendo que iria sair da água.

Para sua surpresa, ao se aproximar da margem, foi saindo d'água não uma cobra, mas sim um cavalo, que estava à procura de comida. Depois da descoberta foi encontrado o dono do animal que morava a alguns quilômetros dali e esse proprietário demorava vir tratá-lo e o cavalo ouvindo conversas saía no intuito de que alguém o alimentasse. Dona Sílvia caiu na risada ao descobrir o mistério e aqueles que estavam embarcados, curiosos saíram para ver o motivo de tanto riso, também se tornaram conhecedores da cobra que a muitos espantou deixando tudo para trás.

Assim, acabou-se a história da enorme cobra que a muitos pôs a correr, que sem saberem do que se tratava, corriam e reforçavam uma mentira, virando também mais um causo de pescaria.

A ponte no seco

Jurandir Ribas

Na gestão do prefeito Francisco Lechinoski, houve um fato que causou revolta nos moradores da cidade de Quitandinha. Era a construção de uma ponte, mas o problema é que essa tal ponte estava sendo construída em um local fora do curso do rio que cortava a cidade, em um local seco.

Um fato pouco conhecido por alguns moradores da cidade é o de uma antiga ponte de madeira que existiu próximo ao atual correio, e que apresentava muitos perigos à população, devido ao seu precário estado. Depois da construção da ponte nova essa caiu em abandono sendo derrubada por um motorista de um caminhão, desavisado do estado que ela apresentava. Hoje restos dela são facilmente vistos numa curva logo abaixo de onde foi seu paradouro.

Um meio de passagem dos moradores, porém um pouco arriscado, era uma ponte construída com cabos de aço com uma passagem individual. E que serviu de muita malandragem para uns desocupados que por ali ficavam. Esses malandros esperavam as pessoas estarem no meio da ponte e começavam a balançar, causando calafrios em quem tentava com todas as forças se segurar para não cair no rio. Essa tal ponte situava-se uns cem metros acima dessa que causou tanta polêmica e que hoje serve de fluxo a diversas comunidades do interior e a um trecho da própria cidade.

A ponte traria muitos benefícios aos moradores que viviam do outro lado do rio, possibilitando um contato mais rápido com o centro da cidade, o escoamento da produção agrícola, o terreno da margem oposta ao centro poderia ser loteado fazendo a cidade expandir seu território.

Os moradores se indignavam com tamanha burrice do prefeito, achando aquilo uma loucura e um gasto desnecessário de dinheiro

público, comentando uns com os outros: "Onde já se viu? Fazer uma ponte no seco!".

Porém o prefeito não se abatia e continuava trabalhando, mesmo sobre críticas e, aliás, críticas pesadas referente à sua obra. Ele não dava muita explicação aos desaforos que recebia de o porquê de se construir uma ponte fora do curso do rio.

Com o ritmo acelerado do trabalho, logo a construção estaria pronta para ser inaugurada, porém algo saiu errado, a quantidade de terra que os funcionários haviam estocado para fazerem o que queriam não foi suficiente e na primeira tentativa as águas do rio foram mais fortes que as forças do homem e o que queriam, acabou não dando certo, que era trazer o curso do rio para debaixo da ponte. Tiveram todo o serviço perdido, o povo já havia entendido qual era a ideia do prefeito, e tiveram que engolir a seco as críticas que fizeram.

A inauguração tinha sido adiada, pois teriam que novamente baldear uma grande quantidade de terra para uma nova tentativa. Só que agora fizeram diferente, cavaram uma pequena valeta para que a água do rio seguisse aquele canal. E foi o que aconteceu, a terra foi removida pelos tratores de esteira, enquanto a água tomava o rumo desejado pelos construtores. Atualmente o lugar que era ocupado pelo rio, serve de moradia ao Sr. Antônio Prado, o Rio da Várzea passava mais ou menos onde hoje está o terreno desse morador.

E a ponte há anos construída serviu de impulso ao crescimento da cidade e serve de passagem a muitas pessoas atualmente, dando acesso a vários lugares, principalmente ao posto de saúde tanto requisitado pelos munícipes.

OUTRAS HISTÓRIAS

A visagem da vaca branca

Afonso da Silva Freitas

Numa estrada da localidade de Caí, em uma noite escura por demais, vinha o Sr. Afonso da Silva Freitas montado a cavalo, com os olhos bem abertos a tudo que ocorria a sua volta. Como a situação não o deixava avistar muito longe, tocava seu animal com imenso cuidado.

A viagem decorria dentro do esperado, até que em um local da estrada, seu cavalo dá uma enorme refugada, quase que o derruba da sela, mas como era um exímio cavaleiro se mantém firme sobre a montaria. Quando consegue observar do que seu cavalo se assustara, enxerga uma vaca, que se encontrava deitada bem no meio da estrada. Era uma vaca grande, toda branca, chifres compridos e pontiagudos.

Estala o mango[46] para espantá-la, mas o animal não obedece a seu comando permanecendo estática no

[46] Objeto usado por cavaleiros para surrar o cavalo.

lugar, Afonso apeia do cavalo e resolve averiguar o porquê dela não sair da frente. Examinando-a descobre que ela se encontra quebrada e que de forma alguma iria sair dali, a não ser puxada ou arrastada. Tenta reconhecer aquele animal, porém, não alcança sucesso, não sabia quem era o dono.

Mas por tratar-se de estar perto da propriedade de um conhecido dele, acha melhor avisar sobre o que encontrou. Muda sua rota, indo para casa de seu conhecido, bate palmas em frente à casa de seu vizinho, é atendido e conta-lhes sobre a vaca que encontrou machucada na estrada, descrevendo as características dela, eles não reconhecem o animal pela descrição, mas pedem que o Sr. Afonso encaminhe-os ao local do encontro, como era um homem muito prestativo, coloca-se a disposição para ajudá-los.

Com os cavalos selados e apetrechos[47] para rebocar a vaca da estrada, partem em direção ao local que ela se encontrava. Porém, ao chegarem ao destino, nada encontram, nem vestígio do animal, apenas os rastros dele na areia, procuram ao redor, mas nada é encontrado, ele explica que no estado que ela estava não iria muito longe. Nesse momento, começa um vento inesperado sem ter da onde, pois não estava para chuva nem nada.

Os cavalos se exaltam, demonstram um alvoroço muito estranho, então, eles entendem que aquilo não passava de um assuíço[48], montam em seus cavalos e saem em disparada para a casa dos vizinhos, bem atormentados com o que aconteceu, principalmente a Afonso que chegou a tocar no animal.

[47] Quaisquer objetos necessários à execução de algo.
[48] Uma visagem, fantasma.

O cachorrinho branco

Afonso da Silva Freitas

Contava meu pai, Heitor Batista, que antigamente a vida era muito difícil, até mesmo para conseguir comida era complicado. Por exemplo, para se conseguirem peixe para a Semana Santa, ele tinha que viajar um bocado para se conseguir o desejado. Viagens que eram feitas em aranhas[49], que não faziam da viagem uma das mais rápidas.

[49] Idem ao 10.

Como era do costume antigo, para se passar de uma fazenda a outra, havia uma porteira, pois não usavam de deixar as estradas livres, então, eram obrigados a parar, abrir a porteira e fechá-la, como lembrava os bons costumes.

Numa dessas andanças, Heitor viajava a cavalo, quando se aproxima de uma dessas porteiras, algo tinha de diferente nesse local, a uma distância de uns vinte metros do portão, enxerga um guapequinha[50] branco, deitado bem embaixo do portão por onde ele passaria, até aí tudo bem, não liga para o que viu, mesmo sabendo que não havia habitantes próximos dali, então, de súbito seu cavalo dá uma refugada e para bruscamente e não quer continuar o trajeto, mesmo sob as ordens de seu condutor.

Então, algo de estranho ocorre, o cachorrinho levanta-se de onde estava deitado, e vai em direção ao mato da beira da estrada, num gesto de quem dá licença para alguém passar, indo e pondo-se embaixo de um pé de erva-mate, árvore muito comum antigamente por aqui, neste município, o cavaleiro entende o porquê da saída dele e toca sua montaria que não oferece resistência e aproxima-se da porteira, Heitor desce, abre o portão, passa com o cavalo, apeia novamente e segue seu caminho, e num momento de curiosidade, olha para trás e avista o cachorrinho voltando ao local que outrora estava.

Percebe que aquilo se tratava de um assuíço[51] e, que foi bom não ter provocado ou maltratado, pois se sabe Deus o que aquele pequeno animal era capaz de fazer com ele.

[50] Cachorro de pequeno tamanho.

[51] Idem ao número 48.

O portão encantado

João Dranka

Há coisas na vida que para se crer é preciso que se viva o fato. Na comunidade do Ribeirão Vermelho, em certo local da estrada entre a BR 116 e a igreja do Bolão, existiam em alguns pontos, porteiras espalhadas para divisão de terras e não deixar o gado sair do terreno de seu dono.

Como antigamente o transporte era feito apenas em carroças ou a cavalo, essas porteiras dificultavam em muito a passagem dos viajantes, fazendo-os atrasar a chegada. E a travessia dessas porteiras tornou-se peça para uns fatos estranhos e inexplicáveis nessa comunidade.

Ocorria que quando estavam se aproximando desses locais, esses portões se abriam sozinhos sem ao menos ninguém tocá-los, os viajantes sem muita alternativa, atravessavam, mas ninguém tinha coragem de descer fechá-los, então, fechavam-se sozinhos, como se tivessem vontade própria.

Esses fatos aconteceram por muitos anos e com muitos viajantes, tanto a cavalo, como de carroça. Fato esse, que não se sucedeu mais porque as porteiras foram se extinguindo e esses acontecidos ficaram apenas nas lembranças das pessoas e sem nenhuma explicação ao ocorrido.

O mistério do portão

JOSÉ MARIA DE JESUS

Tem coisas nessa vida que explicação não se encontra. Um fato que ocorreu comigo me deixou com muito medo é claro, mas depois, fiquei muito curioso em saber como aquilo foi possível.

Eu era solteiro na época e morava com meus pais, sempre muito corajoso, andava na noite sem temer o perigo. Então, vinha eu numa noite escura barbaridade da casa de um amigo meu, tinha ido lhe fazer um visita, coisa que nem se fazem mais hoje em dia, visitar os outros para uma boa conversa.

Como já disse, a noite estava um breu, meu cavalo vinha andando tranquilo pela estrada, tudo muito bem, até certo ponto do caminho, ou melhor, perto de uma velha porteira que teria que atravessar. Ao me aproximar dela sinto um calafrio correr o corpo, mas como não vi nada, me aproximo dela, quando a uns dois metros dela e pronto para apear, acontece algo inesperado que só de lembrar-me deixa-me arrepiado.

A velha porteira começa a se abrir como se tivesse alguém forçando para deixá-la aberta para minha passagem, não pensei duas vezes, atravessei, olhando dos dois lados para ver se avistava algo, mas nada e, senti meu cabelo se arrepiar que chegou a levantar o chapéu de minha cabeça.

Então, pensei comigo mesmo, se abriu, que feche. Apurei o passo de meu cavalo e parei só em casa com o coração na mão de tanto medo que passei, apeei da sela nem tirei os aperos[52] do cavalo, saltei rápido para dentro de casa, contando ainda meio atordoado o que me aconteceu, meus pais me repreenderam para não mais sair à noite sozinho com receio do que pudesse vir a acontecer novamente, pois aquilo poderia ter sido um aviso.

[52] Conjunto das peças necessárias para encilhar um cavalo; arreamento.

O mistério do bode preto

José Maria de Jesus

Conta-se que bem antigamente, em certo ponto da estrada da atual localidade do Ribeirão Vermelho, nas redondezas do Bolão, as pessoas que viajavam ou simplesmente passavam por essa estrada recebiam uma companhia indesejada, onde todos que a avistaram não sabiam explicar o que era aquilo e, nem o que ela pretendia com suas aparições.

O que acompanhava os viajantes por algumas dezenas de metros era um animal que recebe muitos atributos supersticiosos, era um bode e, além do mais a coloração de seu pelo era preto, o que ajuda ainda mais para mistificá-lo.

Esse animal aparecia do nada e ia junto com a carroça, nunca fazia som algum, apenas acompanhava, num silêncio sepulcral. Não era tão assustadora a presença do bicho, mas a forma que andava, cabeça baixa, quieto, parecia que fazia força ao andar carregando alguma coisa em suas costas.

No momento das aparições as pessoas se calavam e seguiam quietas sem falar uma palavra sequer, com receio que o animal viesse a fazer alguma coisa contra eles. Os animais que puxavam a carroça também pressentiam a

presença do bode preto, andavam tesourando[53] as orelhas, ressabiados, o andar deles era mais arrojado parecendo que percebiam a presença do outro animal.

Esse mistério perdurou por muitos anos, sem ninguém nunca descobrir seu significado. Falavam que poderia ser um pote de ouro que esse animal anunciava, outros já falavam da presença de algo muito ruim que acontecera ali e ficou em segredo e que naqueles tempos se revelara em forma daquele misterioso animal.

[53] Movimento específico das orelhas dos cavalos que denunciavam desconfiança, medo.

O manto branco

José Maria de Jesus

Andar à noite antigamente era uma grande aventura, às vezes não muito agradável àqueles que resolviam ou tinham que sair depois de findar o dia.

Na comunidade do Bolão não era diferente disso, onde alguns viajantes noturnos se depararam com um fato não muito normal, que fazia com que essas pessoas se arrependessem de terem saído à noite. Era a companhia em alguns metros de um manto branco.

Esses viajantes, muitos a cavalo, eram surpreendidos com esse pano todo branco que revoava à frente deles, parecendo uma bandeira hasteada ou mesmo igual a quando alguém vai estender um lençol na cama, não se sabia de onde aquilo tinha vindo, apenas se encontrava voando próximo a eles.

O cavalo colocava-se impaciente, refugava e parecia querer entrar em disparada, sempre pressentindo a presença daquele tecido, que seguia o cavaleiro por certa parte do caminho. Para alguns menos corajosos ou com pouca fé, retornavam do lugar onde avistavam o tecido alvo, procurando um lugar para pernoitar e continuar viagem durante o dia.

Nunca ninguém ouviu um único som, nem fez mal a nenhum deles, apenas os acompanhavam a alguns metros pelo ar, nem mesmo esbarrou em ninguém, porém, ficou o mistério desse pano que ninguém soube o que significava as suas aparições.

O fantasma do Senhor Valério

Ana Maria da Silva Lubas

Demonstrar superioridade sobre outras pessoas, principalmente em menos favorecidos, são atos não justificados e que muitas vezes não levam a boas colheitas.

Na comunidade do Caí, há muitos anos atrás, quando Quitandinha nem recebera esse nome, vivia nesse lugar um senhor chamado Valério, muito bem de vida, porém muito malvado com seus criados, pessoas que trabalhavam para ele.

Nessa mesma localidade, também vivia outro senhor, muito humilde, trabalhador, conhecido por Vitor. Este senhor se vendo em grandes apuros financeiros em casa, sem comida para oferecer aos filhos, acaba por ir pedir ajuda ao Sr. Valério, a ajuda era cinco quilos de feijão, que seriam pagos com trabalho na época das roçadas.

Até aí tudo bem, porém, chegada a hora de pagar sua dívida, Vitor adoece e não consegue honrar seu compromisso com Valério. Andando sempre em grande pindaíba[54] não conseguia pagar sua conta, e quando se encontravam Valério e Vitor, o devedor sempre ouvia muitos desaforos e às vezes até algumas agressões. Como não tinha boca para nada, ouvia sempre calado os insultos e nunca revidava.

Daí em diante, Vitor andava sempre fugindo, cuidando-se para não se deparar com o Sr. Valério, indo até queixar-se ao Sr. Batista, que era um homem bom e correto, o mesmo quitou a dívida com o malvado. Contudo, não foi suficiente, Valério sempre que podia, maltratava o pobre coitado do Vitor.

Vitor mais uma vez vai e reclama com Batista, dizendo que não aguentava mais tanta humilhação e iria comprar uma arma e matar a

[54] Pobreza.

quem tanto lhe insultava. Batista pela segunda vez conversa com Valério, conversa que foi em vão, ele não perdia o costume de atormentar aquele miserável senhor.

Vitor fez o que havia dito ao Batista, se apodera de uma pistola e passa a andar armado, com o pensamento firme de não aturar mais humilhação e matar aquele que tanto o atormentava.

Certo dia, na saída de um boteco, Vitor levava algumas comprinhas à sua família, quando é abordado por Valério, sempre a cavalo, que lança o animal sobre Vitor, e chega dizendo que aquele dia iriam acertar as contas definitivamente. Antes de apear do cavalo, Vitor saca da pistola e dispara, tiro certeiro e a queima roupa sobre seu agressor, que não teve

forças para reagir e em poucos minutos após o disparo, morre agonizando ao chão da estrada.

Com o som do tiro, Batista corre ver o acontecido, pois morava próximo ao bar do ocorrido. Chegando lá, escuta a história do homicida e dos demais presentes, prende o assassino e o encaminha a cidade da Lapa, onde cumpriu pena.

A partir daí, a alma de Valério não mais teve descanso, pela forma que morreu e por todas as malvadezas que fez quando vivo. Cumpre um fardo horrível, assombra sua casa, ou melhor, o terreiro em frente a ela, com arrojadas de cavalo, saindo em disparada em direção ao local de sua morte. Ainda hoje é possível ouvir esse tropel de cavalo e quem ouve comenta "é o fantasma do senhor Valério".

O aprendizado na beira do rio

Ana Maria da Silva Lubas

Pedro Luzia era um senhor que vivia nas proximidades do Rio Caí, divisa entre Quitandinha e Mandirituba. Esse homem andava dizendo muitos palavrões, a cada dez palavras que saiam de sua boca, a metade eram nomes feios.

Pedro adorava pescar, numa dessas suas pescarias, onde não estava pegando peixe algum e só enroscava o anzol, ou em galhos sobre o rio ou no fundo da água e por causa disso dizia enormes e cabeludos palavrões.

Passados alguns instantes, desse palavreado não muito educado, aparece a sua frente um menino pretinho, de olhos bem vermelhos, Pedro o xinga sem saber do que se tratava e, tenta até agredi-lo com a vara de pesca, mas o pretinho nem liga e se aproxima cada vez mais do pescador. Ele foi se chegando a Pedro, fitando-o nos olhos e parte para cima de Pedro, que com o ataque perde totalmente as forças, não consegue gritar, nem fugir, nem defender-se desse ser estranho que o atacara.

No momento do ataque perde os sentidos. Somente depois de alguns minutos acorda, não vê mais aquele ser que o tinha atacado, ainda sem forças para gritar e pedir socorro encontra-se preso em galhos de inhapindá ou unha-de-gato[55]. Para se livrar desse enrosco levou alguns minutos e uns belos cortes por todo o corpo.

Contando em casa o ocorrido, todos acreditam, pois Pedro não era de beber e não tinha o porquê de inventar uma história dessas. Porém, para ele foi bom, aprendeu a lição e não veio mais proferir tantos palavrões como antes.

[55] Idem ao número 31.

O negrinho da porteira

Ana Maria da Silva Lubas

À beira da BR 116, na comunidade do Caí, à direita em direção a Quitandinha, vivia um casal de velhos, o Sr. Tobias Padilha juntamente com sua esposa. Casal que gostava muito de sair à noite fazer visitas a seus compadres. Lembrando, o Sr. Tobias era um homem que adorava falar palavrões, não medindo suas palavras ao conversar com os outros.

Numa noitada de visitas, aproveitaram para passar ao boteco do lugar para comprar o que faltava em casa. Estava uma noite linda de luar. Iam os dois pela estrada, sempre conversando num tom de voz bem alto. Passam a rodovia, se aproximam de uma grande e antiga porteira que havia na entrada do sítio deles. Num repente avistaram a sua frente um vulto que vem aos pulos na direção deles, com o susto param e aquilo se aproxima cada vez mais.

Então, quando a poucos metros dos dois, identificam aquele vulto, como sendo um menino de uma perninha só e bem pretinho, com uma touca esquisita na cabeça. Sem falar nada inicia uma sessão de rasteiras em Tobias que derruba as compras, esparramando o açúcar e a farinha pelo chão.

O negrinho era tão rápido que nem dava tempo de Tobias se levantar, já o aplicava outro golpe e ele se atirava em terra novamente, foram vários tombos que o pobre velho recebeu, e a sua esposa nada fez ao negrinho, e assim como apareceu também desapareceu no escuro de uma capoeira.

Tobias levantou-se, juntaram o que restou das compras e foram para casa, onde ele armou-se com um facão e queria voltar e aplicar um corretivo em quem lhe deu aqueles tombos, mas sua mulher não o deixou voltar, dizendo que quanto menos mexessem com isso, seria melhor.

No outro dia pela manhã, Tobias volta ao local da agressão e encontra apenas o seu escavado, onde havia caído várias vezes e os restos de açúcar e farinha que deixou cair. Nem sinal de um rastro sequer do negrinho que o agrediu. Não deixaram de sair à noite, mas sempre na companhia de um facão para não ser pego desprevenido outra vez, caso venha a se encontrar com o negrinho da porteira novamente e na promessa que a ele ensinaria uma boa lição.

A roça abandonada

Afonso da Silva Freitas

Em outra de suas andanças, Heitor Batista, vindo de uma viagem que fizera a Mandirituba, onde havia partido de manhã para a tarde voltar o mais cedo possível, sendo lá o local mais próximo para compras.

No caminho de retorno, ainda restando uns oito quilômetros para chegar em casa, já na localidade do Caí. Tinha que passar por uma capoeira abandonada, que dantes foi uma antiga roça de milho que nem colhida foi. O porquê desse abandono, ninguém sabe. E essa mesma capoeira era comentada por muitos, diziam que aquele local era amaldiçoado.

Porém, o viajante era um homem dotado de muita coragem, não se detém aos dizeres do povo e segue sua jornada sem dar a mínima para a tal capoeira.

Adentrando uns vinte ou trinta metros no local tão comentado, sente um arrepio atingir seu corpo todo, seu cavalo para e começa a tesourar[56] as orelhas, como que percebendo algo. Seu dono dá a ordem para ele seguir, mas o cavalo empaca e não quer continuar a viagem.

Heitor não teme o fato, apeia da montaria para ver se algo se apresenta ou aparece a ele. Nada. Um silêncio sepulcral toma conta daquele lugar, em plena tarde de inverno, o local bem claro que era, pois poucas árvores ali cresciam, começa um fraco pé de vento, que, aos poucos vai aumentando, fazendo do nada, iniciar no céu uma grande tempestade de verão.

Apesar de todo o acontecido Heitor continua investigando o local sem receio algum. Vendo a tempestade se aproximando

[56] Idem ao número 53.

cada vez mais rápido, resolve se retirar, pois ainda estava longe e viajar molhado não era nada agradável. Monta em seu cavalo que se mantivera bem agitado durante a descida de seu dono.

No galope ele corta a roça abandonada e segue caminho sem ter visto nada. Apenas aquele vento súbito e a rapidez que se formara a chuva. A roça se localizava numa baixada, contendo subidas fortes a todos os lados. O cavalo de Heitor já fatigado de galopar morro acima quase não vence terminar a grande subida em direção a sua casa. Enorme foi a sua surpresa ao chegar ao final do morro, depara-se com um céu totalmente limpo sem ao menos uma nuvenzinha a pairar naquele céu.

Com o acontecido, para e pensa que aquela roça abandonada alguma coisa de anormal existe, não se sabe o quê, mas algo que não pode ser descoberto, pois todos aqueles fenômenos foram para afugentá-lo dali e não vir, a saber, nada sobre a tal capoeira abandonada.

Os quatro anjos

Madalena Follador

Eu era ainda mocinha, morava com minha família na localidade de "Campestre dos Matoso".

Numa tarde, quando estava indo tirar leite das vacas, que minha mãe havia dito para eu fazer, avisto vindo do rumo da roça que ficava em frente a nossa casa, quatro meninas que vinham correndo em direção ao portão. Todas estavam vestidas com roupas bem branquinhas que brilhavam sobre a luz do sol, parecendo quatro anjos que passeavam pela terra.

Estavam com fitas nas mãos, davam muitas risadas, as duas meninas menores vinham na frente e as duas maiores estavam atrás. Chegando ao terreiro da casa, pensei comigo que os cães iriam atacá-las. No meio do terreiro elas se separam, eu largo tudo o que estava carregando para tirar o leite e saio em disparada para acudi-las dos cães.

Ao sair correndo em direção a elas, já gritando com os cães para não avançarem nas meninas e alertando o pessoal lá de dentro de casa para também ajudá-las, saem ver o que era aqueles gritos meus, as meninas ou anjos desaparecem no ar sem ao menos ninguém ter visto nada, a não ser eu.

Minha mãe pergunta o porquê de tudo aquilo, eu conto o que eu avistei, poucos acreditaram em mim e até falaram que eu andava sem nada para fazer e por isso andava inventando coisas.

A vela misteriosa

Miguel de Almeida

Aqui no Cerro Verde, acontecem muitas coisas sem explicação, uma delas foi a aparição de uma vela aqui no poço de onde tiramos água.

Era uma noite de verão, muito clara, com um luar muito bonito, depois da janta era costume lavar os pés antes de ir para cama, e como antigamente não existia banheiro, o recurso era lavar os pés em uma bacia. Ao ir jogar a água pela janela não é que observo em cima do poço uma luz acesa, firmo os olhos e me certifico que é uma vela, chamo a minha esposa para também ver aquela imagem.

Ela também enxerga, sem saber do que se tratava, esperamos um pouco mais para ver o que poderia acontecer. Damos um tempo na cozinha e quando voltamos para vê-la, ela se encontra no mesmo lugar. Falo a minha esposa que vou ver o que é, só que mais de perto, mas ela não deixa e diz que é melhor não mexer com isso.

Fomos dormir e a vela acesa continuava lá, e que apesar da brisa que havia, ela não apagava. Não consegui dormir pensando no que poderia ser aquilo.

Quando minha mulher adormece, levanto com cuidado, pego a espingarda e vou tirar a limpo o que significava aquilo. Abro a porta e vou em direção ao poço. Meu coração bate muito forte, não sei se de medo ou o quê. Ao chegar ao canto da casa de onde já poderia avistar a tal vela, para minha decepção ela já não mais se encontrava sobre o poço. A procurei por volta da casa na esperança de ter se mudado para outro lugar, mas não a encontrei.

Fiquei até brabo por não ter ido ao exato momento da aparição e ter descoberto o segredo dessa vela que apareceu em cima de meu poço, num mistério sem explicação.

A barroca amaldiçoada

Ana Maria da Silva Lubas

Num sábado, meu avô foi com uma de suas filhas num boteco de onde moravam fazer umas compras, nisso aparece um vizinho e pergunta quem é que estava roçando uma capoeira numa tal barroca[57], meu avô responde que era ele e que iria construir ali. Esse vizinho lhe alerta que aquele lugar era assombrado e era melhor não construir em tal lugar, meu avô sendo uma pessoa muito temente a Deus e corajoso, contraria, dizendo que vai erguer sua casa ali custe o que custar.

Apesar do aviso, de que nessa barroca existia algo de diferente, ficou a persistência de meu avô. Então aquele que o alertava lança um desafio a meu avô dizendo que ele não era corajoso o suficiente para ir lá logo que se cerrasse[58] o dia. No ato meu avô aceitou a aposta.

Chegando em casa, avisa minha avó e diz que iria desafiar fulano, indo à noite no local onde iniciara a roçada. No dia marcado, seu desafiante fica só observando ao longe o que estava para acontecer. Chegando lá na barroca, já ouviu-se os gritos de meu avô clamando por socorro, porém aquele que o desafiara tratou de sair dali o mais rápido que pôde.

Meu avô em desespero saiu engatinhando do local, arrastou-se até a velha casa que moravam, arrebentou a porta com tudo, se sacudia parecendo querer tirar algo que tentava se apoderar dele, gritava pedindo por socorro. Minha avó sem saber o que fazer num ato de desespero começa a jogar umas roupas sobre ele na tentativa de acalmá-lo, ele mantinha-se em gritos desesperados, só cessou os brados ao cair sobre ele um véu, que teria servido a um batizado, mas ao aparecer um cantinho

57 Lugar com barranco dos lados.

58 Terminar, acabar.

de seu corpo era o maior griteiro, aquele local no mesmo instante ficava roxo e só desaparecia se tornassem a cobri-lo. Sentia-se bem apenas embaixo daquele véu.

Aquilo permaneceu durante horas, sem alívio algum, apenas com o auxílio do véu. Então minha avó mandou chamar um padre para ver se consegue fazer algo pelo vovô. Com várias orações e benzimentos o padre afastou aquilo que o afligia. Com um gesto de agradecimento saiu com o padre até o portão da frente da casa, mas ao tocar o palanque que sustentava o portão, algo lhe prende à madeira, não conseguia tirar a mão, parecendo que algo o prendia ao portão, gritava, clamava por socorro, sua mão foi ficando roxa novamente.

Então o padre mais uma vez inicia suas orações para tirar sua mão do portão, dessa vez era mais forte, só desprendeu-se dali com a ajuda de um terço e da bíblia que foi posta sobre suas mãos. Porém, nunca se conseguiu libertar por completo daquilo que o afligia, tinha épocas que passava bem e outra que era um tormento ficar próximo a ele, quebrava tudo a sua volta, a família tinha que fugir quando iniciava suas crises.

Ainda assim com todo esse sofrimento, criou oito filhos, mas vendo que a vida junto do vovô não dava mais, vovó separou-se dele com medo que ele fizesse algum às crianças. Mas minha avó nunca deixou de cuidar dele, sempre vinha visitá-lo, fazia as faxinas da casinha dele, lavava a roupa, fazia pão, comida. Mas tinha que sair meio que às pressas quando ele se dirigia ao pé de uma árvore que tinha no terreiro, colocava o chapéu sobre o rosto e em instantes, algo se apoderava dele, fazia um gesto estranho, cuspia na mão e a esfregava uma na outra, partia para dentro de casa e começava a quebrar tudo, e minha avó fugia para um paiol atrás da casa para não sofrer agressões.

Com muita pesquisa para a solução do problema, descobriram que naquele local onde meu avô foi quando moço na tal barroca assombrada pelo desafio, ali muitos anos atrás um lavrador matou-se com um tiro na cabeça porque perdeu toda a sua roça em uma geada que caiu fora de época, ficando ali amaldiçoado. E aquilo que se apoderava de meu avô era o espírito daquele homem que havia se matado.

Nunca encontrou a solução ao problema de meu avô, sofreu muito e fez toda a família sofrer também, tudo isso por causa de uma aposta boba para demonstração de coragem.

Susto na madrugada

Carlos Procópio da Silva

Antigamente para se fazer uma viagem, tínhamos que pensar bem, pois era feita só em carroças e se tornava muito cansativa. Em certa madrugada, tínhamos que vir de Contenda, município vizinho ao de Quitandinha, para o Ribeirão Vermelho e pulávamos cedo para aproveitar à fresca.

Eu ainda moleque, fui pegar os cavalos que estavam no potreiro[59] para colocá-los na carroça. Ainda estava bem escuro, enquanto procurava os animais, avistei vindo pelo chão uma espécie de sombra bem na minha direção, aquilo passou bem por cima de mim, quando olhei para me certificar do que se tratava, notei que era um ser com formatos de gente, não sei se homem ou mulher, passou voando fazendo gestos com as mãos como se fossem asas.

Acompanhei o voo daquilo até sumir atrás de um morro que tinha perto de casa. Não mais procurei os cavalos, virei rapidamente de volta e saí em disparada para casa, cheguei tão afobado que não conseguia nem falar, demorou retornar a minha voz.

Já mais calmo, consegui relatar aos meus pais o que havia visto, então, eles resolveram que naquele dia não seria possível realizarmos a viagem, sendo adiada para o dia seguinte, pois como disse meu pai, às vezes isso é um aviso para a viagem não acontecer.

[59] Lugar onde deixavam os cavalos, piquete.

Erval assombrado

Vicente Celestino de Almeida

Aqui pelos lados do Ribeirão Vermelho, bem antigamente, ouvia-se muito falar de um erval que era assombrado, existia alguma coisa ali que amedrontava todos que tentavam colher aquela erva, era a presença de um homem baixinho, porém muito forte.

Tinha por aqui o irmão de meu avô conhecido por Brás, sujeito muito corajoso, soube dos fatos acontecidos nesse erval e resolveu ir lá para colher a tal erva. Arriou o cavalo cargueiro com todas as tralhas necessárias para se fazer o corte e secagem da erva, que aquela época ainda era feita artesanalmente. Com tudo arrumado e na companhia de sua mulher, a Polônia, dirigiram-se ao misterioso erval.

Chegaram ainda dia no mato, eram umas três horas da tarde, armaram o rancho, cortaram lenha e montaram o carijo[60]. Polônia já tratou de fazer um fogo para iniciar a boia[61] e Brás já estava pronto com um chimarrão na mão e ambos esperavam a chegada da noite para no outro dia de madrugada iniciarem o corte e secagem da erva.

Ao escurecer começaram a ouvir um grito que vinha de um fundão do erval que os deixou assombrados. Foram várias vezes que ouviram o tal grito que dizia mais ou menos assim: "O menor carregando o maior". Não sabiam do que se tratava, mas Brás já se colocava preparado para o encontro, pois a cada brado que ouviam, parecia estar mais perto deles. E Brás comenta com Polônia: "Já vem o desgraçado me perturbar!".

Brás usava um facão velho, mas muito bom de fio e uma pistola dois tiros. Comenta com sua esposa: "se arrume Polônia que batemos já com esse caboclo!". Aquela voz a cada grito, mais perto deles estava, até que Brás avista entre os ramos do mato, o tal baixinho e o mais estranho

[60] Espécie de andaime feito com varas para a secagem de erva-mate.

[61] Comida, refeição.

é que ele trazia arrastado outro homem e bem maior que ele, fazendo juz ao que dizia que o menor carregava o maior.

Quando o homem está a uns dez metros de Brás, ele arranca do facão e diz ao baixinho: "Eu já te mostro o que você vai carregar!" E saiu dando facãoada[62] atrás do avisão[63]. Ao ataque, o homenzinho larga aquele que carregava e desaparece nesse instante, Brás e o baixinho somem no mato numa assustadora briga.

Polônia sem saber o que fazer fica na espera na porta do ranchinho. Até certo ponto, ela escutou ruídos de estouro do facão de seu marido, mas no restante da noite nada mais ouviu. Amanheceu o dia, Brás foi encontrado bem distante dali num outro mato. Ainda se encontrava meio atordoado com o acontecido. E não lembrava nada do que havia se sucedido com ele, depois de ter iniciado a luta com o baixinho.

Com sua valentia quebrou a cisma da visagem que a tantos atropelou daquele lugar e pôde tranquilamente cortar e secar toda a erva que tinha por ali, e nada mais o perturbou por aquelas bandas.

[62] Golpes de facão.

[63] Fantasma, assombração, visagem.

O encanto do enterro dos mortos

Vicente Celestino de Almeida

Bem no começo da colonização deste município, Quitandinha, não existiam estradas boas como tem hoje em dia. Eram apenas carreiros, picadas abertas no taquaral e nos matos que dificultavam em muito as andanças das pessoas.

À noite, nesses carreiros existiam enterros, diferentes dos de agora, eram de pessoas que viveram ali há muitos anos atrás e levavam outros mortos em um caixão no varal, e de longe se ouvia aquele barulho tenebroso, BUM! BUM! BUM!

Em certa noite, um amigo de Brás encontrou-se com ele no cerrar do dia e disse que ele era louco andar por ali àquelas horas, pois passavam enterros de mortos por aqueles lados. O irmão de meu avô, responde que estava pouco ligando para essas coisas e tocou o cavalo em frente.

Não andou muito e começou ouvir umas batidas estranhas que vinham em direção a ele, lembrou-se dos comentários de seu colega, mas continuou a viagem. Numa clareira do mato avistou vindo um povaréu com velas acesas, rezando e reparou que as pessoas se revezavam para levarem o caixão, parecendo ser muito pesado.

Brás como era um homem de muita coragem, resolve ajudar no tal enterro, apeia do cavalo, amarra-o em uma árvore e pula ajudar a levarem o morto. Chegava embaixo do varal colocava a vara nos ombros, aquilo era muito pesado, resvalava e caía, quando levantava o enterro já estava bem adiante. Corria de novo e assim foi por muitos quilômetros, tropicava, caía, levantava. Caminhou a noite inteira daquele jeito.

Ao amanhecer o dia, notou que estava bem longe de onde havia deixado seu cavalo. Começou a andar, encontrou um homem e perguntou

se tinha visto uma montaria amarrada em uma árvore, o senhor respondeu que viu, mas estava bem longe dali e parecia que permanecia lá já fazia uns dias. Respondeu Brás: "Foi ontem que o deixei lá, encontrei um enterro", nisso o viajante o interrompe dizendo que de noite não para andar por estes trechos. "Não fazem nada, pois os acompanhei levando o morto até umas alturas".

Brás voltou, encontrou o cavalo mais ou menos uns cinco quilômetros de onde amanheceu o dia. Não se sabe se sua coragem acabou com o encanto, mas ninguém mais comentou que tivesse avistado alguma coisa parecida com aquilo naquelas bandas.

A carona a um negrinho

Joaquim Fernandes

Num final de tarde, um companheiro e eu vínhamos do serviço da roça. O trajeto era uma estrada de terra que ligava a comunidade do Cerro Verde com a antiga "Cruzo da Lapa", município de Quitandinha, nosso meio de transporte era uma carroça puxada a cavalo.

Vínhamos contando causos um ao outro em tamanha tranquilidade. Até que em certo ponto da estrada, especificamente na "Subida do Frederico", os cavalos começam a fazer muita força para puxar a carroça subida à cima, eu achei aquilo muito estranho, pois o carro estava vazio, a única carga éramos nós dois.

Estalei o chicote, mas não adiantou, os cavalos continuavam fazendo muita força e nada de manter o passo normal. Como aquilo não acabava e a carroça parecendo pesar cada vez mais, meu parceiro que estava de carona resolve dar uma olhada para trás e ver se havia algo errado, para seu susto e surpresa, não éramos nós dois os únicos passageiros da carroça, havia mais alguém que acabara por pegar carona sem nos consultar.

Estava sentado atrás da carroça um menino bem negrinho, vestido apenas com um calção, sem camisa. Nesse momento o menino estava virado para trás, meu amigo tenta me avisar da companhia que a gente tinha e eu olho para ver do que se tratava, me assustei com o que vi, enquanto nós dois olhávamos sem saber o que fazer com o passageiro inesperado, o negrinho gira a cabeça e olha para nós e dá uma risadinha malandra e continua normalmente sua viagem.

Enquanto descuidamos um pouquinho dele, ele sumiu na mata que tinha às margens da estrada sem ao menos conseguirmos ver a sua saída.

A partir da descida do menino, os cavalos se recuperam e puxavam a carroça normalmente. Quanto a nós dois, fomos para casa sem dizer uma palavra sequer ao outro e sem entendermos o motivo da companhia daquele menininho negro.

O mistério da cruz na beira da estrada

Eracílio Pereira de Andrade

Essa história aconteceu comigo há alguns atrás, quando morava em Contenda, município vizinho a Quitandinha, saí de um lugar chamado Pântano Preto com destino a Caitá, dando mais ou menos uns dez quilômetros de distância um lugar do outro.

No caminho, encontrei-me uns amigos, conversa vai conversa vem, a hora passou, quando dei por mim já estava escuro e o relógio marcava onze e meia da noite. Estava montado em meu cavalo, animal muito obediente e manso. Com a viagem não me preocupava, pois tinha um amigo em quem poderia confiar.

A viagem continuava tranquila, apesar da noite escura como breu, nada de anormal havia me ocorrido. Porém ao chegarmos próximos ao Rio Bonito, a escuridão ainda aumentou, meu cavalo fazia um gestos denunciando alguma coisa no mato, começou a ficar arredio, refugava saindo bafo de usas ventas eu também ouvi, era um barulho parecido com o ruído de um cão andando na mata. E aquilo parecia que me acompanhava, cheguei a pensar que fosse meu cachorro que estava em minha companhia, chamei pelo nome dele, mas nada respondeu ou se aproximou de mim.

Fui ficando com medo, pois quando eu parava aquilo parava também, ao lado da estrada, onde eu me encontrava havia um lajeanal[64], lugar que meu cavalo entrou sem ordem minha, como se fosse puxado por alguma coisa. Já estava bem assustado, quando me lembro de um poço, lugar este que havia se matado uma mulher.

Fiquei horas dando voltas sem conseguir sair na estrada. Até que me lembrei de um vizinho, morador ali perto, pelas latidas de seus cães. Então em desespero comecei a chamá-lo, Sr. João, Sr. João! Por muita sorte ele me escutou e veio ao meu encontro. Ele perguntou quem chamava e eu respondi: Sou eu: Eracílio! Estou perdido e meu cavalo, acho eu, que caiu no poço. Por favor, me ajude!

Chegou trazendo uma lanterna, daí pude ver onde meu cavalo se encontrava e estava certo, estava dentro do poço e eu sentado ao lado da cruz daquela mulher que havia se matado. Que medo senti, até hoje não posso entender o que aconteceu comigo e com meu cavalo. Saímos de lá sãos e salvos, ainda bem que nada de mais grave aconteceu.

[64] Lugar onde existe uma grande quantidade de lajeana, árvore comum em capoeiras.

NOTA DO COMPILADOR DOS CONTOS

Posso dizer com toda a certeza da vida que tive uma infância feliz, apesar de toda a carência que passamos meus irmãos e eu, mas tínhamos mesmo sem perceber uma certeza na vida, que poderíamos contar sempre com nossos pais, verdadeiros amigos, tudo o que conquistamos até hoje, foi por toda educação que nos transmitiram. Meu pai, José Nivaldo de Almeida, meu herói, meu exemplo, não compreendia por muitas vezes a sua forma rude de nos tratar, mas tudo esquecia quando deixava de lado toda a canseira e brincava conosco como se fosse uma criança, quem dera eu deixar essas lembranças de infância em minhas filhas que o senhor me deixou. Hoje, mais que nunca eu posso dizer com todas as palavras do mundo que eu o amo muito e sou grato a Deus o manter aqui na terra com a gente, sua companhia, sua conversa, o chimarrão juntos redobram minhas forças para continuar a vida. Minha mãe, Maria Rosa Alves de Almeida, o que falar de um ser que muito sofreu na vida, para criar a mim e meus irmãos sem medir esforços e com uma maldita doença, até a sua morte desconhecida pelos médicos que a trataram. Mulher que apesar de toda a dor que sentia, não deixava transparecer e sempre tratava os outros como muita docilidade e respeito. Quanta lembrança boa eu guardo da senhora, até das surras que levei eram suaves. Agradeço sempre a Deus por tido você como mãe, se tivesse a oportunidade, gostaria de ser gerado novamente em seu ventre e aproveitar por mais uma vez todo o carinho que fui criado. Às vezes culpo-me de não ter estado mais tempo com a senhora, pois após que tive minha casa, preferia ficar em casa nos finais de semana descansando e não ia te visitar, perdoe-me mãezinha! Meus irmãos, José Luciano de Almeida, Maria Jane de Almeida, Juarez de Almeida, Joel de Almeida, Roberta de Almeida e Angélica de Almeida, tenho muito orgulho de tê-los como irmãos, sabemos de todas as pendências que passamos juntos, mas estávamos ali, um dando apoio ao outro, quero dizer a cada um de vocês que os amo muito, fico tão agraciado com as conquistas de vocês, pois sei que tem ali a influência de nossos velhinhos, tenho muito orgulho de nossa família, não é a família perfeita, mas é minha, a nossa família. Outra pessoa que não poderia deixar de citar aqui, foi meu avô paterno Antonio de Almeida, como era bom estar com o senhor, nas pescarias juntos, nos carteados de truco, quando descia de sua casa com o baralho na mão, fazíamos festa e o que falar das visitas que juntamente com meu pai fazíamos ao senhor, os causos que ouvíamos até a madrugada, não tem celular ou tecnologia que substituísse essa minha experiência. E os conselhos do senhor eram muito sábios. Até hoje lembro-me que foram de suas mãos que recebi a carta que havia passado numa universidade, perguntou-me do que se tratava, respondi que iria fazer faculdade, e o abraço que recebi dele, bem apertado, demonstrando todo o orgulho que tinha de mim, eita que saudade desse velhinho! E dessas experiências que resolvi iniciar esse trabalho de uma pós-graduação de 2007 e que agora em 2023 realizo o sonho de uma publicação desta simples, mas de um orgulho imenso meu em manter viva a memória de muitos que já partiram dessa vida, mas deixaram o legado de uma boa conversa, uma roda de causos, uma vivência verdadeira e não essa virtual que os jovens se encontram atualmente. Minha esposa, Elaine de Lima Wenski, sou grato a todo o apoio que sempre dedicou a mim, mostrando que sou capaz de realizar o que eu quiser. Nas horas mais tristes de minha vida, sempre esteve ao meu lado, dando-me conforto e segurando minha mão e enxugando minhas lágrimas, espero estar retribuindo todo o afeto que de ti tenho recebido. Te amo "amoreco". Para minhas filhas, Antonela Wenski de Almeida, Pietra Wenski de Almeida e Marialica Wenski de Almeida quero deixar toda uma vida de luta, afirmar que as vitórias não vêm por acaso e que tenham em mim não apenas o seu pai, mas um amigo que sempre estará disposto a tudo para defendê-las e ajudá-las no que for possível para vencerem na vida.

Luís Antonio de Almeida

AUTORES

Compilador

Luís Antonio de Almeida, nascido na cidade de Rio Negro (PR), em fevereiro de 1979, viveu no município de Campo do Tenente até os 28 anos. Estudou na Escola Rural Municipal de Espírito Santo, atual Escola Municipal Oracélis Cordova Ribeiro, localizada no pequeno distrito de Espírito Santo, no município anteriormente mencionado. Cursou o antigo ginásio (5ª a 8ª série) no Colégio Estadual Victor Bussmann. Após concluir essa etapa de estudos, iniciou o segundo grau com magistério no município de Quitandinha, não por vontade própria, pois ser professor não estava em seus objetivos de vida, mas por não haver continuação de estudo no colégio onde terminou o primeiro grau, viu-se obrigado a iniciar o caminho do magistério no Colégio Estadual Eleutério Fernandes de Andrade. O curso, no entanto, foi encerrado dois anos depois pela falta de profissionais habilitados. Após outra mudança, foi para o Colégio Estadual Barão de Antonina em Rio Negro, que mantinha o curso de magistério. Contudo, devido à escassez de transporte, optou pelo Colégio Estadual Joaquim de Oliveira Franco, no município de Mandirituba, onde concluiu o curso de professor primário em 1997. Tentou ingressar na carreira militar, mas não passou de um sonho. Prestou concurso público em 1998 nos municípios de Quitandinha e Campo do Tenente, alcançando êxito em ambos. Em Quitandinha, mais bem classificado, começou a trabalhar já no ano seguinte ao concurso e, em Campo do Tenente, dois anos mais tarde e por coincidência na mesma escola que cursou o primário. Em 2002, iniciou o tão sonhado curso superior de Sistemas de Informação na UnC-Mafra (Universidade do Contestado), no estado de Santa Catarina, pois seu sonho ainda não era ser professor. Não se adaptando ao curso, transferiu-se para o curso de Letras na mesma instituição e concluiu esse projeto de vida em 2006, partindo em seguida para um curso de pós-graduação na mesma instituição. Nesse mesmo ano, conheceu Elaine de Lima Wenski, brincando com ela que o amor deles nasceu de um simples copo de água que ele foi servir-lhe, tornando-a sua namorada e, no ano seguinte, sua esposa e companheira inseparável, ambos decidindo fazer do município de Quitandinha sua próxima morada. Concluiu o curso de pós-graduação, porém antes do término desse outro projeto, perdeu seu avô, Antônio de Almeida, que foi o inspirador da ideia da monografia que originou esta coletânea de contos. Prestou concurso no município onde vive e conseguiu dobrar seu padrão, trabalhando pela manhã na Escola Municipal Padre Antônio e à tarde na Escola Rural Municipal São João. Em 2008, já tinha a tão sonhada casa própria e mais um sonho estava por vir: um filho, ou melhor, uma filha, Antonela, que receberia todo o amor e carinho dos pais. Em 2012, duas grandes alegrias: assumir o concurso do estado do Paraná como professor de língua inglesa e a chegada da segunda filha, Pietra. Porém, no dia 15 de dezembro desse ano, sofreu o maior golpe de sua vida com o falecimento de sua mãe, uma dor indescritível. Uma ferida que não cicatriza, a dor ameniza com o tempo, mas nunca cessa. Em 2016, mais precisamente no dia 21 de setembro, nasceu a terceira filha, Marialice, uma criança que veio para encher a casa de alegria. Agradece muito a Deus por esse presente em sua vida. Não pode esquecer de citar mais três pós-graduações que concluiu. E a vida segue... agradece a Deus por todas as oportunidades diárias que Ele oferece para crescerem em busca de um futuro melhor!

Capista

Gustavo Domingos Machado, nascido em 31 de maio de 2006, no Hospital Cristo Rei, na cidade de Quitandinha, Paraná. Filho de Aguilar Domingos Machado e Luciana Galvão Matozo, tem três irmãos: Wesley Aguilar Machado, 22 anos; Luana Domingos Machado, 18 anos; e Analu Eloise Aguilar Machado, 5 anos. Sempre morou no município de Quitandinha, Paraná, e estudou na Escola Municipal Bom Jesus e no Colégio Estadual Paulo Freire, ambos na comunidade do Turvo. Aos 14 anos, iniciou seus estudos no Colégio Estadual Eleutério Fernandes de Andrade. Descobriu seu gosto pela arte de desenhar aproximadamente aos dez anos de idade. Sua pretensão é focar futuramente em suas produções artísticas e, quem sabe, cursar uma faculdade de artes plásticas.

Ilustrador

Ronaldo Silveira Andrade nasceu em 25 de abril de 1982, no município de Quitandinha, Paraná. Pintor de telas, grafite, desenhista, ilustrador, artista plástico e tatuador. Passou toda a infância na localidade do Pangaré, distrito do município onde nasceu. Estudou na Escola Municipal Deputado João Leopoldo Jacomel, onde aos 9 anos de idade descobriu o amor pela arte. Durante as aulas, não conseguia entender as explicações da professora e começava a desenhar em seu caderno. Seus desenhos eram admirados pelos colegas e por todos os professores da escola pela perfeição e criatividade. Sem ter feito nenhum curso de pintura, pintou seu primeiro quadro usando a porta de um guarda-roupas de sua mãe enquanto ela trabalhava. Aos 17 anos começou a trabalhar na serigrafia da prefeitura de Quitandinha. Sua primeira oportunidade de fazer um curso de pintura foi aos 22 anos de idade, quando também se aperfeiçoou em tatuagem.

pólen bold 90 gr/m2
tipologia garamond
impresso no outono de 2024